KB272220

우리를 위해 기도해 주세요
- Pray for Us

우리를 위해 기도해 주세요 - Pray for Us

발행일   2026년 4월 10일

지은이   등작(燈酌, DUNGZAK CESTLAVIE)

펴낸이   차석호
펴낸곳   드림공작소
출판등록   2019-000005호
주소   부산광역시 남구 수영로 298, 산암빌딩 10층 1001호 드림공작소
전화번호   010-3227-9773
이메일   veron48@hanmail.net

편집/디자인 (주)북랩
제작처   (주)북랩 www.book.co.kr

ISBN   979-11-91610-38-3 03810 (종이책)   979-11-91610-39-0 05810 (전자책)

우리를 위해 기도해 주세요
Pray for Us

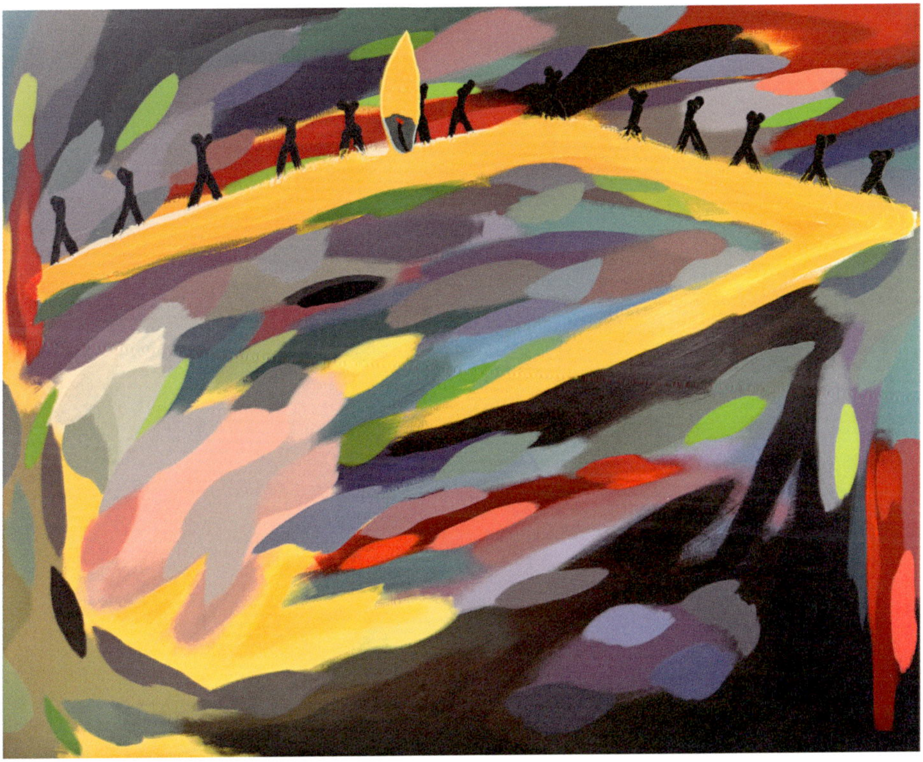

등작(燈酌, DUNGZAK CESTLAVIE) 지음

빛의 언어로 인간을 다시 쓰는 화가의 기도문

나는 빛으로 존재를 기록하고, 감정으로 세상을 다시 쓴다.

회화는 나에게 시각의 결과가 아니라,

감정을 언어로 번역하는 철학적으로 불변한 본성이며,

시간을 새기는 하나의 호흡이다.

색은 시간의 결을 품고 있다.

빛의 방향을 따라 감정은 스며들고, 시간은 색의 층으로 가라앉는다.

나는 그 색을 통해 인간의 내면을 읽는다.

색채가 가진 넓이는 나의 시간이며,

그 안에 머무는 형상화가 진행된 색깔은 나의 목소리다.

붓의 흔적은 호흡의 기록이고,

수없는 붓질과 억겁의 숨결이

감정의 지층을 만든다.

그 위에 남은 빛은 문장이 되고,

그 안의 색은 나의 영혼의 언어가 된다.

기술이 이미지를 복제할 수 있는 시대,

나는 감정의 유일성을 지키고자 한다.

AI는 형태를 흉내낼 수 있어도,

나의 색채와 예술이 품은 시간의 울림은 결코 모방할 수 없다.

그것이 인간으로서 내가 존재하는 이유이며,

예술이 여전히 살아 있는 이유나.

빛으로 쓰인 세계는 복제될 수 없다.

그 안에는 시간, 감정, 그리고 따스한 숨이 있다.

그 모든 층이, 그 모든 따사로움이 모여

하나의 영혼, 하나의 목소리, 하나의 인간을 만든다.

나는 오늘도 빛으로 존재를 짓고,

감정으로 세상을 다시 새긴다.

색은 나의 시간이고, 형상화된 색은 나의 목소리이며,

그 울림은 인간의 증언이다.

그럼에 나는, 우리를 위해 기도한다.

그 모든 층이, 그 모든 따사로움이 모여

나의 색채와 예술이 된다.

그럼에 나는, 우리를 위해 기도한다.

A Painter's Prayer
– Rewriting Humanity in the Language of Light

I record existence with light and rewrite the world through emotion.

Painting, to me, is not a visual result,

but a philosophically immutable essence

that translates emotion into language —

a breath that engraves time.

Color carries the grain of time.

Along the path of light, emotion seeps in,

and time settles into layers of hue.

Through color, I read the human interior.

The breadth of color is my time,

and the color shaped into form within it is my voice.

Each brushstroke is a record of breath.

Through countless strokes and the breath of aeons,

the texture becomes a stratum of emotion —

a testimony of being.

Upon those layers, light becomes a sentence,

and color becomes the language of my soul.

In an age where technology can replicate images,

I strive to protect the singularity of feeling.

AI may imitate form,

but the resonance of time within my colors and my art can never be replicated.

That is why I exist as a human,

and why art continues to live.

A world written in light cannot be copied.

Within it lies time, emotion, and tender breath.

All those layers — all that warmth —

gather to become one soul, one voice, one human being.

I build being with light,

and rewrite the world through emotion.

Color is my time,

and color shaped into form is my voice.

Their resonance is the testimony of humanity.

And in that, I pray — for us.

All those layers, all that warmth,

become my color, my art, my being.

And in that, I pray — for us.

차례

프롤로그

눈물 속에 우주가 있으니

눈물이 나지 않는 날이 더 많아도 슬프지 않다는 의미가 덜한 것이 아니다.
감정이 소용돌이치는 파랑빛 우울함에도 때때로,
우리는 혼자가 아님을 떠올려 본다

각자의 길 위에 서로가 있다.

고통스런 눈물이 마음에 흘러내리면 보이는 것만이 전부가 아님에,
어쩌면 얼굴은 웃는 모습으로 하얗게 번져 있을지 모른다.
하루를 견디는 건 소중함이 있어서라고 말하고 싶지만,
그건 매일매일이 그저 흘러가는 하늘빛 눈물 같은 거라고,
하여 살아 있음이 온전하게 느껴지기 어려운 순간이 더 가까이에 있다.

서로의 길 위에 타인이 있다.

광활한 속물 근성이 나이가 들어 가며 쌓이기 시작하면,
한편으론 숨기기 어려운 들뜬 표정이 바래어 간다.

우리의 길 위에 내가 있었다.

기쁨의 눈물이 속살을 타고 퍼져 나가면,
반대편의 그림자는 고요한 눈물을 정신에 뿌리며 흐느낀다.

맺지 못하고 타들어 가는 물결을 타고 나는 여기에 있었다.
그럼에 펼치 못한 과거와 보이지 않는 먹먹한 내일에 걸쳐진
오늘을, 바람결에 지워지는 감각에 맞춰 토옥 하고 파릿한 눈물 흘린다.

마음의 눈물

계절을 바다같이 알 수 없는 시절 그 또한 흘러가리라,
하며 자신이 어디에 있는지를 파랗게 잊고 들뜬 회색으로 마음을 색칠한다.

단조롭고 부서지는 피상적 우주에 한 줌의 언어와 한 톨의 생각만으로 모든 것을 이해한다는 망상,
존재가 내리는 빗소리와 춤이 연결되지 않는 지구가 어색하다며 손사래를 칠 때,
인간을 제외한 자연은 끝없이 변화하고 과정을 뛰어넘어 숨을 고르게 들인다.

순수함이 사라진 도시에서는 아무리 숲속으로 내달려도 정확한 위치를 가늠하기 어렵고, 발걸음은
푹푹거리며 성을 낸다.
무지개가 뜬 하늘에 빛이 흩어지면 내 마음에서는 어려운 눈물이 가슴을 두드리고,
이해하지 못한다고 해서 틀린 것과 올바름이라는 피상적인 높다란 파도가 마냥 철썩이지 않고,
최고점에 다다른 고요함에 생채기 옅은 상처가 있는 것을 알아챈다

만약에

빠르게 날리는 뇌를 제동하기 위해 온통 허점이 무성한 육체가 기어 다닌다.
교회당 꼭대기의 천사 셋 투명하고 투박한 겨울, 보랏빛 파란 낮을 마시고, 무명의 옷과 무명의 이름
으로 서명을 틔워 새기니
낙엽 어두운 공공의 거리에서 발가벗고 회색 심장으로 핏발을 날린다.

피아노의 건반을 두드리는 손가락들의 이야기가 끝날 무렵
누구도 발설하지 않았던 장밋빛 차가운 밝음, 그 겹겹이 눈물로 이루는 모래알
잠깐 꿈뻑이는 어제를 밀어내고 몰아친 오늘을 살아내는 숨겨졌던 자줏빛 속살
바랜 장막의 기억과 채워지는 몽상의 그림자

두 얼굴이 하나가 되어 두드리는 빗물의 언어, 가득했던 내일 모두가 떠오르고 모두가 밀려났던 모두의 생명
이 허투를 혀에 감겨
만약에 만약에 만약에,
둥지를 벗어난 새의 날개를 비추는 고요한 햇살이 사무치는 그곳
다만 나의 안녕이 염려되는 이상한 세상에서 타인의 희망이 뼈마디가
거칠게 하얀 쉼표를 맞아내는 끝맺음 더 밀어내며 부딪힌다.

소멸하는 어제, 부서진 내일

뭉텅한 기억이 소리를 끄고 내어 달리다 멈춤.
어둑한 하늘과 쏟아질 듯 쾅한 감정의 단조롭던 한 무렵

전쟁을 멈추라는 평화를 말하며 속내는 저열한 말들과 비굴한 생각으로 가득 찬 짙은 어둠의 자식들.
악에 사무쳐 선함을 거짓처럼 내쳐도,
가벼운 공기의 현기증이 밀려 들어온다.

늘 어제와 내일만 생동감 있게 표현되고 소비되는 시간에서
오늘이 딛는 현실은 켜켜하게 검은 눈동자와 핏빛 검열 때문에 점점 사라지다가,
화들짝 놀라 어디에 있는지조차 망각하게 된다.

입체적이고 예민한 옷차림으로 살짝 달뜬 목소리의 미묘한 음량을 지니고 저곳에서 이곳으로 서서히 깊게 물든다. 그림자가 본인이 되고 자신은 그림자가 되어 양면의 시각에 잡혀, 고요함의 묵음에 쉼표가 찍혀 낯설지만 닮은 타인의 무덤가에서 도돌이표로 서성인다. 마감이 지난 이야기의 구성은 쉽게 좁혀지지 않고 다시 평화, 다시 차별 없음을 선포하며 스륵스륵 땅바닥을 향해 기절한다. 그것만이 내 세상인 양 꿈꾸며 냉정하지 않은 두루뭉술한 인연에 기댄다.

검은 물결이 하얗게 무리 지어 철썩이는 도시에서 파도는 내달아 밀려들어, 깨어나지 못하는 산송장의 하염없는 넋두리를 물보라로 살며시 비켜 나간다.

슬픔 : 나는 사랑에 빠졌습니다

기쁨이라고 속앓이를 하며 슬픔으로 정착하려고 합니다.
누군가의 사랑이 염려되는 건 사랑의 이면에는 수없을 이름들이 명명되어, 짙푸른 마음을 까맣게 색
칠하기 때문은 아닌지요?

낮을 보내고 밤을 맞이할 그 순간 더 없을 상상이 펼쳐집니다.
온통 밝음에 눈이 멀고 온갖 들뜸에 발바닥은 허공을 딛고, 경험하는 만큼 사랑이 보인다면 감각이
먼저 응축하는 소용돌이는 누구의 것일까요?

처음과 마지막만 있다면 잠을 자는 편이 나으리라 믿으며
굉장하게 셀 수 없는 언어와 마음의 층위가 겨워 소리를 내겠지요.

미움의 파장이 뜨거운 빨강으로 물들면 고백하고,
고백하지 않았던 하양이 여백이 되어 '나는 사랑에 빠졌습니다'라며
평화의 기도를 상대에게 할 수 있기를.
모든 안녕에 하나씩 답할 수 있기를.
그대의 평안함이 나에게 위로가 되기를.

우린 아직 만나지 못했어요

물빛 스산한 바다, 생명이 부르는 외침, 이곳은 옳고 저곳은 틀린 곳
낡은 바람의 소리가 들리는 광장에 잃어버린 목소리들이 가득하다.

마음이 남은 숲속 뿌옇게 안개빛 서서히 퍼져 가고, 높다란 절벽에 놓인 타인의 그림자가 점점 짙어
진다.
어둠이 있어 새벽의 흙빛이 밝아 보이는 걸 잊고는 짙은 태양
붉게 보라색과 파랑이 섞인 숨결에 지쳐 가니 고독을 찾아가 질문한다.

옅은 연노랑 공기, 먹지 않아도 까만 호숫가 정지된 물소리에 귀를 댄다.
미처 차오르지 못한 정오에 눈을 감고 사람들의 발걸음이 닿는 맨발의 색깔이 무엇인지 보았다가 화
들짝 잠에서 깨기도 하니.

우리는 서로가 회색 창문, 오랫동안 만났다고 착각하지만 우린 아직 만나지 못했기에.

하루하루

소리가 모호한 아파트에서 인사성이 밝은 아이들이 화재로 죽어 나간다.
부모가 함께 살기 위해서 일하러 나간 시간, 생명의 갈림길
피눈물이 섞여 도무지 모를 생존의 하루에 남은 부모
함부로 가난이 원인이라고 하지 말기를,
힘부로 자식의 양육에 소홀했다고 하지 말기를,

사람이 사람의 자식으로 살아가면 한 인간이, 인간의 길을 높이 기쁘게 날아서 멀리 간다.

어렵고 힘들고 오늘이 보이지 않았던 하루
내일을 향해 서 있기도 힘들다 힘들어라,
당신의 잘못이 아니니 아이들의 죽음에서나 삶의 하루가 힘들어도
표면과 중간 즈음 둥실 뜨는 실핏 발자국을 딛는가 마는가를 결정하는 건, 자기 자신이기에 응원의
인사를 전하고 싶다.

베를린, 겨울의 하루
Berlin, A Winter's Day

아침, 배낭 속에 미술 재료와 카메라를 넣는다.

In the morning, I place my paints and camera into the worn backpack.

숨을 내쉴 때마다 흰 김이 번지고,

With every breath, pale mist blooms into the air,

손끝은 이미 겨울의 냉기를 기억한다.

and my fingertips recall the memory of winter's chill.

베를린의 거리 한켠,

On a quiet corner of Berlin,

나는 몇 시간 동안 그림을 그린다.

I paint for hours, lost in the silence of frost.

붓이 얼어붙은 공기를 가르며,

My brush parts the frozen air,

수채 물감이 종이 위에서 천천히 마르기 전에 이미 얼어버린다.

and before the watercolor dries, it has already turned to ice.

색은 흐르지 못하고, 그 자리에 머문다.

The colors do not run; they remain — still, suspended.

그러나 그 멈춤 속에서 시간은 오히려 또렷해진다.

Yet in that stillness, time itself grows lucid.

그림 한 점이 완성될 무렵,

When the painting nears completion,

햇빛은 차갑고도 부드럽게 나를 덮는다.

the sunlight, both cold and tender, folds itself over me.

그 후, 나는 베를린 타워를 바라본다.

Afterward, I gaze toward the Berlin Tower,

하늘은 희고, 도시의 실루엣은 잿빛이다.

the sky a pale expanse, the city drawn in ash and shadow.

카페 창가에 앉아

I sit by a café window,

진한 에스프레소 한 잔을 마시며

drinking a dark espresso,

담배를 깊게 피운다.

and smoke drifts from my lips in quiet spirals.

연기가 천천히 피어오르고,

It rises, languidly,

저녁으로 변해 가는 거리가 유리창 속에 번진다.

as the evening dissolves through the pane of glass.

밤이 오면 숙소 앞의 작은 테이블에 앉는다.

When night arrives, I sit at the small table outside my lodging.

트램이 불빛을 남기며 지나간다.

Trams pass, trailing lines of light through the dim street.

트램은 거의 소리가 없어.

They move in near-silence,

그 조용한 움직임 속에서 생각이 잦아든다.

and within that quiet motion, my thoughts subside.

나는 가만히, 하루의 온도를 되새긴다.

I sit still, measuring again the temperature of the day.

차가웠지만,

It was cold —

안에는 분명 살아 내려던 호흡이 희미하게 섞여 있었음을.

but faintly within it lingered the breath that wished to live.

빛을 옷으로 지어 입고

감정이 미어 슬픔에게 인사를 한다.
누구에게나 고독의 뼈가 단단해지고 차츰 무디어지는,
그런 순간이 있으리라 그런 울컥이는 스산한 바람 안에 머무는 그러한 아픔

서로가 서로를 미워하는 밀도의 밀폐에서 숨 쉬는 것은 무엇이었던가?

그리움의 마디마디가 붉게 뇌클 타고 흩어지면
꽤나 습관적이었던 깊은 잠은 어둠에 묻혀 날리어 간다.

누군가에 따뜻한 말을 건네어 그 사람의 견디는 한때를 버티게 했는가?

어둠이 세차게 휩쓰는 새벽, 빛을 불러들여 등불 하나 켜고 아침이 오면 흔적,
멀어지는 망각하는 숨 가쁜 시간에 몰려 길 위에 서서
만나지 못했어도 어젯밤 가슴에 뜨거움을 부어 주던 그 그리움이여.

그러했으리라, 당신의 유년은 그러했으리라.

나의 유년은 보이지 않아도 깊이 느끼며 겹겹한 무한, 살아 있었다.
살아 있었음에 고맙다는 마음이 일어 눈을 감고 떠올리는 억겁의 흐름이여
빛을 옷으로 지어 입고 하늘에 누워 고요한 귀를 업고 거친 입술에 입맞춤 한다.

우리는 다르다고 했지만 존재함에 다디단 숨결
심상에 맺혀.

계획하고 사라지고 움직이며 쓰러지고 잠을 자며 소생한다

어딘가에서 날아오고 있어 숨 막히는 소슬한 거리에서도
무얼 걱정하고 무엇을 심려하고 무엇을 고민하고 무엇을 근심하여도
뭉텅이는 말, 차가운 언어 뜨거운 언어 적절한 온도의 언어 뒤섞여, 온통 소란스러워
숲에서 겨울을 잊고 바다에서 봄을 보고 산에서 가을을 감각하여도 모두가 여름 땡볕

아직은, 그만하면 되었다는 것이 그렇게 어려운 건지
멈추지 않는 발걸음이 발자국을 검게 남겨도
에워싼 공기는 밝은 노랑에 감빛이니
이젠 그만 제발,

오늘을 살아간다며 내일에 머무는 마음 어제의 겹겹한 악몽
영혼과 정신 그득한 육체 말라 버린 욕망,
그것은 사랑이었으니 그 무렵은 사랑이었으니 되뇌어 눈을 질끈

살아가자며 응원한다 해도 물질의 거친 물결에 벌거벗겨져
부끄러움 없는 웃음에 손뼉을 치니 그리하여 검붉은 눈동자
하얗게 하얀 입김을 내어 토도독 또다시 마주하여 스친다.

사소한 이야기 문득 떠올라 문장을 잃어

뼈가 삭고 피가 멈춰 퍼렇게 산화해도 그대 곁엔,
아무도 없어 미워할 수도 그리워할 수도 없으니
고독한 뿌리가 유리에 비친 잔상처럼 펼쳐진 고독사

무엇을 찾고 무엇을 말하고 무엇을 되뇌고 무엇을 향하는지 결국,
편치 못한 불편함이 질서 없이 땅바닥에 거칠게 흩어지니

사랑이었다고 추억하다가 그 언저리 뱉지 못한 마냥 어리석었던 자기애
미처 사과하지 않고 미안함을 녹여 따가운 벌판에 누우니
마치 사랑이었다고 그림에 새겨 변명을, 너무도 처연히 한다.

'나'를 잊고 '너'를 떠올려 '우리'
한 인간의 생존이 지구를 떠돌며 가득한 한탄의 한숨이 가엾다.
밤과 낮 태양이 현란한 빛깔들을 인지하고 파동 쳐도 뇌는 정처 없이 저장된다.

생명 끊임없는 사회

한 톨의 먼지와 한 톨의 우주가 비대하고 거칠게 크다는 걸 느끼면,
우리들이 서로를 증오하고 미워하는 마음이 폭탄이 되어
직접 삶을 위협하고 죽음을 부르는 행위가 온전한 것이 아님을 알지 않을까?
하여 빈손으로 빈 걸음을 걷다 보면 자신의 영혼이 알 수 없는 색채로 가득함을 인지한다. 단조로움
이 다채로운 스스로를 가로막고 편견이 타인을 몰아낸다.

그리 급히 하늘로 갈 필요가 없으니 지상의 깊은 뿌리에 녹아든 슬픈 그림자
빛에 말려 부드러운 감촉으로 흩어지면 좋을.

경쟁이 일으키는 결과는 이기는 자를 만들고, 그 곁에는 패배하여 굶주리는 자를 만든다.
가끔 피아노가 울리는 공간에 혼자서 공명하고 뻗어 나가고 싶지만,
비로소 감각하는 영혼이 비참하다는 사실에 다다르면
켜켜이 쌓인 공감하지 못하는 습성을 돌아본다.

어디로 가는 게 중요하기보다 무엇으로 살아가는가에 더 밀착되는 숨결과 흩어지는 공기

결론을 내고 다다르는 길목마다 검은 장막이 널려 있다.
하여 고통이 무너지는 감정의 눈물이 고독하여 쓰러지며 끄적이는 슬픈 장소에 이제야 보이는 수없이
많은 나와 같은 푸르스름한 옅은 존재들.

빛이 흘러 당신을 자유롭게 하니

당신이 바라는 것에 희망이 감싸고 있다면 따사로운 바람이 나아가고
당신이 진정 원하는 것, 당신이 진실로 추구하는 것, 그러한 것들이
감미로운 목소리의 빛깔에 함께하여 일어서서 외치니

전쟁이여 멈춰라. 죽음이여 사라져라. 증오여 자취를 감춰라. 제발 부탁하니

별이 하나둘 소리 없이 곁에 다가서고
차가웠던 겨울밤 매서웠던 거리에서
우리가 우리를 위해 기도를 할 때
그 마음들이 모여 따뜻한 경계를 지워 나가니

시간의 벽, 공간의 벽, 어긋났던 벽 속의 벽 막아서는 벽과 벽 사이
고요함이 흘러 기적을 일으키니 생이여 살아 있어 고맙다.

움직이는 존재에 빛이 밝고 하얗게 뿌려대니
눅눅했던, 사라지는 모든 것 한숨에 앞서 잡히지 않아도 좋다며 허공에 손짓하니
공허한 빈자리에 어쩌면 닿아 반듯한 웃음이 퍼지길,

어둑한 감정이 불을 켜고 빛을 받아들이면 뜨거웠던 응어리 조용하게 사라지리니.

그들이 오고 그들은 떠났다

시점이 어긋나도 인연의 시계는 흘러간다.
말을 멈추고 언어를 잊고 감성이라는 비뚤한 의미도 버리고
감히 경계에 매몰한 계급 사회에서 여전히 텅 빈 물질에 둘러 둘러
살아간다는 명쾌한 진실의 하루,

버리고 버려도 묵혀서 뒹구르는 겹겹의 피부와 피
진리가 너희를 구원하기보다 진리가 나를 위안하기보다 진리는,
변화에 맞서 고유하다는 전통에 기대어 섞어 간다.

붉은 선홍 감빛 눈물이 옷깃과 손등을 아프게 누른다.
사랑이었음에 무엇이든 용납되는 게 아니기에 타인의 태도에서 보일 듯한
청색 빛 소리에 귀를 기울인다.
많은 게 사라지고 많은 게 생성하고 여전히 모자란 듯 처량한 자아가
명암이 뚜렷하게 화장을 하고 목적지 없는 방황의 길 위에서 떠돈다.

우리를 위해 기도해 주세요 - Pray for Us

추억하지 않아도 기억나지 않아도 그래도 좋을

한편으론 다행이라고 믿고 지나쳐 버린다. 모든 죽음 앞에서 모든 생애 앞에서,
기뻐하리라며 텅 빈 가슴에서 나오지 못하는 언어의 응어리가 무겁다.
슬퍼하리라며 꽉 찬 정신에서 나오는 헛된 삐걱임 너무 가볍다.
세찬 파랑, 응집한 초록과 파편이 된 노랑
과밀한 공간에 흩날리는 존재들의 바람이 점점 아련하게 몰아댄다.

기도하는 마음으로 현재의 겹겹이 어긋난 상황들을 잊으려 한다.
그럼에도 솟아나는 걱정과 두려움 빨갛게 익어 간다.

부디 바라오니 평화가 우리를 감싸게 하소서
부디 바라오니 아픔이 잦아들어 우리가 고요하게 잠을 자게 하소서
바라오니 서로서로 미워하며 뿔뿔이 짓이겨지게 하지 마소서

바라는 건 많아지고, 감당하고 내어 놓아야 할 것은 자취를 감추지만
불현듯 당신의 웃음소리가 들리니 한결 나아지니
혼자가 아님을 부서지지 않는 영혼에 새기고 새기는 그러함이 치유를 떠올리게 한다.

마음에 툭 던지는 말, 투둑 투둑 눈빛이 젖어들어

대도시에 번지는 불빛 환해질 무렵 초라해지는 자신을 보며 되뇐다
적절한 온도와 뜨겁지도 차갑지도 않은 딱 그만큼의 감정을 배설하며
다 크지 못한 영혼의 어린아이에게 괜찮아 괜찮아 괜찮아

인적이 드문 초록이 가득한 숲 어디로 가야 하는지 물어볼 대상을 잃었다.

우리는 사랑이라 느끼며 그 사랑이 멀리 퍼지기를 바라기도 한다.
급히 스쳐 지나치는 존재가 많을수록 외로움은 끝 모를 바닥을 향하지만,
분명 그대와 나를 지켜보며 보살피는 무엇이 있으리라 있으리라 있어야 한다며, 몹시도 초조해지는
현재를 뛰어간다.

여기서부터 저기까지 정해진 단조로운 길에 서서
사라지는 모든 모든 모든 것들에 안부의 인사를 하고 싶어진다.

마음껏 웃고 마음껏 울며, 마음껏 사랑하고 마음껏 게을러도 좋을
경쟁이 아닌 동행하는 표면과 표층에 갑자기 따스한 미풍이 피부에 닿는다.
이대로도 나쁘지 않음을 체념이라고 하지는 않으니,
그곳에 우리가 있었고 지금 이곳에도 우리가 있음에

함께 살아가고 함께 기뻐하고 함께 슬퍼하고 함께 힘을 얻고
하루가 생동하는 빛에 물들기를 바라며,
버릴 수 있는 건 버리고 최소한의 물질만 소유하는 걸 꿈꾸어 아련한 한숨을 내뱉는다.

꿈을 간직하고 버텨 내어 살아가는 것에 대해서

물질이 세상을 지배하고 인간을 소모품으로 깎아 내리고
절망이 뼈가 녹아내린 하루가 더 많을지라도
불어오는 바람 뜨겁게 내리 쏘아대는 태양
깊이를 알기 어려운 바다
고요함이 따사로운 옷이 되어 감싸는 숲
힘겨움이 가득한 표정들의 언덕

자신의 마음을 간직하고 살아간다는 건 비교할 대상이 없어, 그만큼 큰 축복

상처를 주고받으며 상처를 숨기고 생채기를 내뱉어 상대까지 병들게 하여도
아주 조금 딱 여기까지만 숨을 참고 흐르는 빛과 찰랑대며 휘어대는 영혼,
귀 기울여 듣고 걸러 내어 말하는 태도가 좋다는 걸 알지만
그건 머릿속에서만 맴돌고 현실에서는 표독한 눈짓을 할 때가 있다.
잠깐만 털어 내는 걸 멈추고 잠시만 눈을 감고 내 안의 목소리가 들려주는,
바래어 흩어졌던 순수에 눈빛을 맞추고 오래 쉬어도 좋을 그런 자신의 곳간에서 물질을 털어 내고 정
신이 잠을 자고 육체가 쉼을 얻어 흑빛으로 물드는 밤, 그런 밤

진리라 말하고 거짓을 선동해도 그걸 직관하여 꿰뚫어 보면 아쉽지 않은 게 없고
모두 가볍고 가여운 묵직한 자아에 숨어서 눈치를 보며 염탐하여 살아내니,
그것에는 인사를 고하지 않고 짙은 우울의 파랑을 털어내어 가도 좋을,

우리는 알고 있고, 마치 속은 듯 웃어대도 고이 잠든 나의 시간에 속삭이듯 미풍을 느끼며 단순해져
도 좋을.

밤이 지나고 새벽

소중한 것이 있다면 믿음이 그대를 향해 흔들림 없이,
다정하고 고운 마음새가 변치 말고 그대를 향해 이어지기를

우리는 사랑을 서로에게 주고 서로에게 받고 사랑이라는 걸,
조금씩 알아 가며 본래의 선한 감정이 오염되지 말기를
온도가 지닌 따뜻함을 품은 어깨를 감싸고 이마를 마주 대면,
세월의 입술이 열리고 온기를 더해 가니
사랑이었음을 잊지 않고 멈추었으면, 욕망이 사라지고
바라보는 것만으로 충만함이 가득하여 부풀어 오르는 감정이 온통 하얗다.

어디에서 누구를 만나고 어디에서 누구를 마주치더라도 그 누군가는
누군가의 밝은 지지를 얻고 있음을. 보이지 않더라도 사랑을 받고 있음을.

한편, 우리가 나눈 것이 사랑이었을까 의심해도
그 지나온 시간이 켜켜이 울리는 공간을 마주하면,
그건 사랑이었음을 사랑이었으니 담담하게 뜨거워지는 가슴을 새벽 하늘 아래
고동치는 감각의 회오리를 얇지만 단단한 추억에 대입하여 점점 더 고요해진다.

리듬을 얻고 무대는 춤을 추고 당신은 기뻐하여

마음에는 길이 여러 갈래로 펼쳐진 파릇한 곁가지들에 꽃이 피기 시작하고
알지 못하는 언어의 소리를 듣고 왠지 익숙한 듯 춤을 추며,
당신은 어제 살아 있었고
당신은 오늘 숨결을 잃어 아프지 않으리라 믿는 하늘로 가버리고
내일은 당신이 있었다는 것도 망각하고 살아가겠지 그러겠지. 잊힌 어제가

손을 잡고 박자에 어긋나도 오직 곁에 있음에 기뻐하며 몸을 들썩이니,
고독이라는 피상적 물결이 쏟아져 온 것들을 적시고
외로움이라는 익숙하지 않은 글자가 도드라지니
그대가 있고 그 옆에는 내가 있다는 헛된 장난 같은 생각의 묘사

후두둑 흩어 자각하는 새의 꿈
날개에는 아련한 노랑이 퍼덕이고
지상에 지워진 것들에 말없이 침묵하고

눈을 질끈 감고 막무가내로 춤을 추며 비틀거려도 그러해도
당신이 어제는 살아 있었음에 고마워하며 고마워하며,
실눈을 뜨며 몽롱한 잠과 거친 절벽에서 홀로 있다. 홀로 있었다. 홀로 울었다.

어제를 기억하고 오늘을 살고 내일을 기다리며

어제까지가 후회만 또렷한 과거였다면 오늘은 절망적인 자신의 잘못을 맑게 씻고
다른, 어제를 벗어난 새로움이 차오른 정신과 영혼으로 살아가고 싶다.
그래야만 한다. 그래야만 한다. 그래야만.
너무나 어두워 한 치 앞이 깜깜하고 도망칠 구석이 없어도 오늘을 살고
내일을 기다린다면 변화한 자신을 마주하게 되지 않을까?
그러지 않을까?

마치 아무 일도 없듯이 어제와 같은 습관과 생각으로 오늘을 살고 있다면
내일은 오지 않을지 모른다.

반성하는 마음으로 기도를 드리는 시간, 빛은 여전히 고요하게 내려앉아 나를 본다.
부끄럽지 않은 것이 없다는 사실에 숨고 싶어도 사라지고 싶어도
오늘은 여전히 뜨겁게 흘러가고, 오늘은 여전히 차갑게 깨어나라고 한다.

내일을 떠올리고 어제를 잊고 오늘은 다시 시작되는 것이 아니라,
오늘은 전혀 다른 풍부한 밝음 그대로 버티고 틀린 것이 아니라 다름을 인정하고,
여전히 스스로에게 억눌린 과거의 잘잘못을 인정하고 나아간다면, 만약 그런다면, 내일은 다르리라는
믿음으로 오늘의 그림자가 옅어지며 본래의 모습으로 돌아가리라.

원래의 선함으로 원래의 순수함으로 원래의 부드러운 강함으로 원래의 태어남으로

과거가 없었다면 오늘의 내가 사라지리라고 믿지 말라.
여전함이 차오르는 침울과 낮아지는 자존감을 떨쳐 내는 건
어제와는 다른 오늘이 있어 내일을 길으며 오늘을 멈춰 바라본다.
그러하리라, 그러해야만 한다.

움츠리고 잠을 자듯 기억을 잠그고 꿈을 꾸니

몽롱한 잠결에 누군가의 목소리가 애절하게 다가와 몸을 허공으로 올리고
잊힌 순간들이 강렬한 장면으로 재구성되어 찾아온다.

그것이었을까? 지나쳐 버렸다고 사라진 건 아니니, 쨍한 샛노랑이 파도친다.

그림을 그리면서 음악이 주는 차분한 인상에 상상은 시를 쓴다.

어떠한 목마름도 욕망으로 채워지면 끝을 모를 헛된 망상으로 흐를지 모른다.
한편, 죽음이 다가올지 알지 못한 채 잠들기 싫어하는 뇌는 깨쳐 짙게 푸른색에 빠져 육체를 일어서게 한다.
우울함이 몽유해도, 기쁨이 폭발하여 기다란 여백을 남기지 못하고 빽빽하게 기억체를 만들어도 단한 번의 꿈과 단 한 번의 편집된 기억에 몰두했던 걸 잔상으로 남겨 낮과 밤을 흐리게 하여 눈빛이 뿌옇다. 맺음 없는 그림의 언어가 색채로 발현해 무성한 꿈의 외침을 세세하게 헤어 떨어진다.

01

빛, 기억, 그리고 존재에 대하여
On Light, Memory, and Being

DUNGZAK CESTLAVIE Aesthetic Report No.1 · DCAR-01-2025

I. 기억의 방 - 내면의 기원
Chamber of Memory - The Origin Within

등작의 예술은 기억에서 시작된다.

그가 만드는 공간은 실재의 재현이 아니라,

감각 이전의 감정이 응집된 내면의 서곡이다.

빛이 태어나기 전의 세계, 그곳에서 색은 언어보다 먼저 존재한다.

The art of DUNGZAK CESTLAVIE begins in memory.

His constructed spaces are not reproductions of reality,

but pre-sensory emotions condensed within the interior.

In the world before the birth of light, color exists prior to language.

이 단계에서 빛은 단순한 현상이 아니다.

그것은 기억의 입자이고, 감정의 기반이며, 존재의 시발점이다.

At this stage, light is not a simple phenomenon.

It is a particle of memory, the foundation of emotion,

and the point of origin for being.

Ⅱ. 감정의 얼굴 - 자아의 각성
The Face of Emotion - Awakening of the Self

등작의 인물은 단일한 인물이 아니다.

그들은 내면의 감정이 시각적으로 현현된 구조이며,

감정이 형체를 갖는 순간을 드러낸다.

눈은 외부가 아닌 내부를 향하며,

색은 사고가 되고, 시선은 감성의 깊이를 측정한다.

The figures in DUNGZAK CESTLAVIE's work do not represent discrete identities.

They are structures in which interior emotion becomes visually manifest, revealing the instant emotion acquires form.

Their gaze turns inward, not outward,

and color becomes thought while the gaze measures emotional depth.

푸른 배경은 사고의 공간이고, 노란 시선은 그 공간 안의 감정적 응답이다.

The blue ground becomes the space of thought, hile the yellow gaze represents emotional response within that space.

Ⅲ. 자아의 눈 - 존재의 성찰
The Eye of Self - Reflection of Being

둥작의 눈은 외부를 향한 창이 아니다.

그는 눈을 통해 존재를 스스로 성찰하고,

빛을 수동적으로 받아들이는 수단이 아닌,

빛을 발생시키는 중심으로 전환시킨다.

The eye in DUNGZAK CESTLAVIE's art is not a window outward.

It is a means for self-reflection and becomes a center that does not just receive light,

but generates it.

그의 회화는 보는 행위를 감각하는 존재로 전환시키는 시도를 보여준다.

His paintings illustrate a transition from the act of seeing
to the experience of sensing being.

Ⅳ. 감정의 군상 - 기억의 공명
The Chorus of Emotion - Resonance of Memory

여러 얼굴이 서로를 비추며 정서를 교감한다.
그들은 개체가 아니라 감정의 장(field)이 된다.
붉은색과 청록색의 파장은
감정의 상호작용을 시각적으로 구성하며,
인간의 다층적 감성 구조를 드러낸다.

Multiple faces reflect each other, engaging in emotional resonance.
They become not individuals, but fields of emotion.
The vibrations of red and turquoise visually structure emotional
interaction, revealing the multi-layered sensitivity of human interiority.

이 지점에서 등작의 회화는 개인 기억을 넘어 공감의 영역으로 확장된다.
At this juncture, DUNGZAK CESTLAVIE's painting transcends personal
memory, expanding into the plane of empathy.

우리를 위해 기도해 주세요 - Pray for Us

V. 빛의 흐름 - 자유의 형상
The Flow of Light - The Form of Freedom

형태는 사라지고, 오직 리듬이 남는다.
빛은 선이 되고, 선은 소리가 된다.
이 흐름 속에서 자유가 시각화된다.

Form dissolves; only rhythm remains.
Light becomes line, and line becomes sound.
Within this flow, freedom is visually realized.

이 지점은 회화가 단순한 표현을 넘어
존재론적 선언으로 확장되는 순간이다.

Here, painting transcends mere expression
and becomes an ontological proclamation.

VI. 손과 불 - 창조의 완성
The Hand and the Flame - Completion of Creation

손은 창조의 수단이고, 불은 그 중심에서 존재를 감각하게 하는 에너지다.
등작은 예술가를 단순한 제작자가 아니라,
빛을 건축하는 존재로 규정한다.

The hand is the instrument of creation, and the flame is the energy that animates being.
In DUNGZAK CESTLAVIE's discourse, the artist is not merely recreator, but an architect of light.

예술은 결코 완성이 아니다.
그것은 순환이며, 재생이며, 지속이다.

Art is never completion;
it is circulation, regeneration, and persistence.

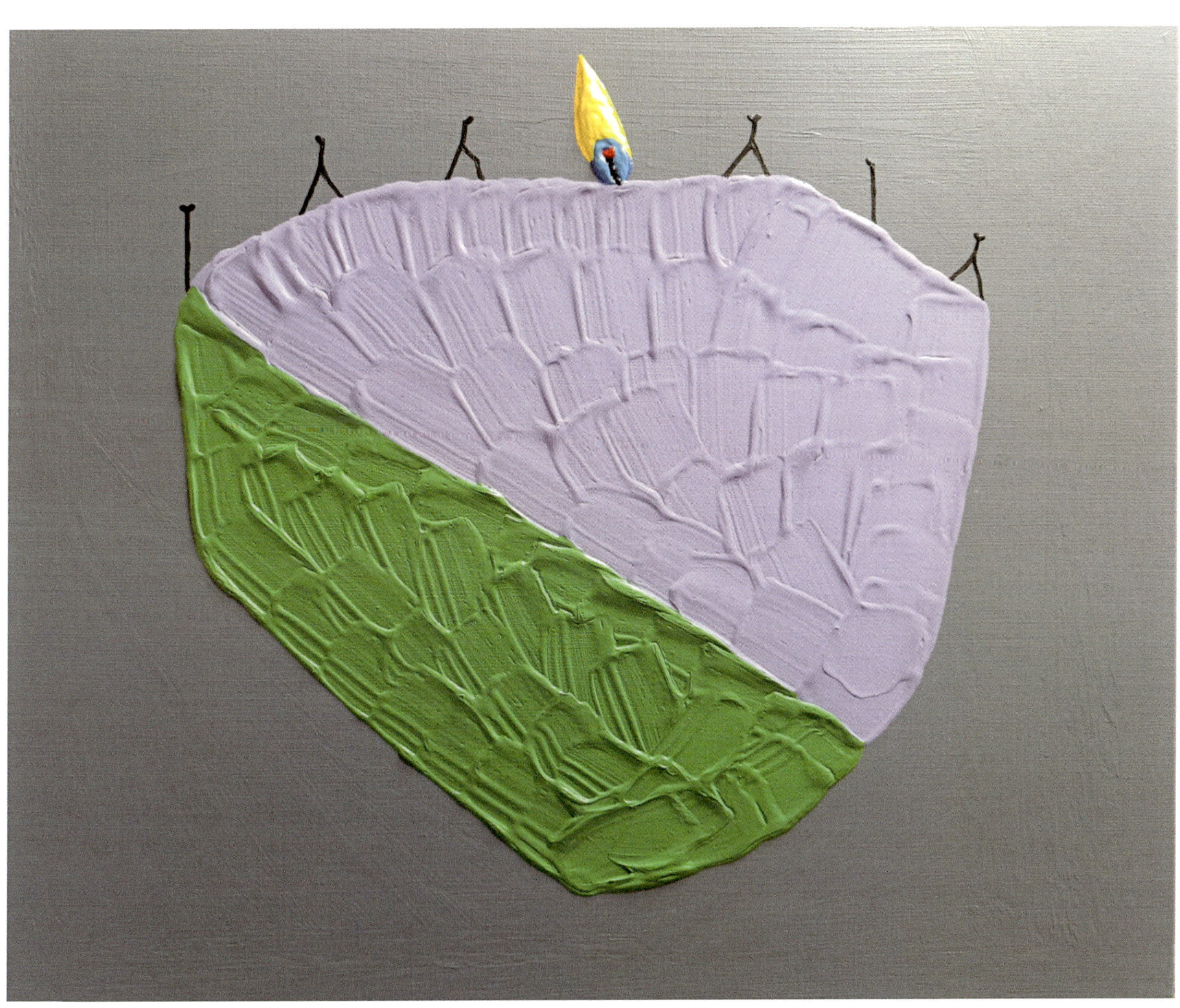

결론 - 빛의 존재론
Conclusion - Ontology of Light

등작의 세계는 기억에서 감정으로, 감정에서 존재로, 존재에서 빛으로 흐른다.

이 흐름은 정지된 결과가 아니라, 움직이는 존재의 구조이다.

The world of DUNGZAK CESTLAVIE flows from memory to emotion, from emotion to being, and from being to light. This flow is not a static result, but a structure of living being.

그의 예술은 완성이 아닌 지속이며, 형상이 아닌 사유이며, 빛의 언어로 남는다.

His art is persistence, not completion, thought rather than form, and endures as the language of light.

우리를 위해 기도해 주세요 - Pray for Us

작가의 미학 선언
Artist's Statement

나는 빛을 짓고 입어, 그 속에서 나를 다시 만들어 예술을 이룬다.

I build and wear the light, and within it, I recreate myself to become art.

02

우리를 위해 기도해 주세요
Pray for Us

DUNGZAK CESTLAVIE Aesthetic Report No.2 · DCAR-02-2025

I. 빛의 존재론 - 기억의 기원
Ontology of Light - The Origin of Memory

빛은 존재가 자신을 자각하는 최초의 호흡이다.

그 순간, 등작의 회화는 시간 이전의 침묵을 붙잡는다.

그의 화면에서 빛은 단순한 현상이 아니라,

존재가 자신을 잊음으로써 다시 태어나는 의식이다.

그의 인물들은 빛 속에서 태어나고, 그 빛으로 사라진다.

빛은 창조의 기원이자, 기억의 마지막 언어이다.

Light is the first breath through which being becomes aware of itself.

In that moment, the painting of DUNGZAK CESTLAVIE captures the silence before time itself.

Within his canvas, light is not a mere phenomenon but a consciousness through which being is reborn by forgetting itself.

His figures are born within the light and vanish back into it.

Light is both the origin of creation and the final language of memory.

우리를 위해 기도해 주세요 - Pray for Us

Ⅱ. 감정의 구조 - 관계의 형상
Structure of Emotion - Form of Relation

감정은 사라지지 않는다.

그것은 색의 파동 속에서 머물며, 관계의 긴장 속에서 새로운 질서를 만든다.

등작의 회화에서 감정은 개체가 아닌 매질이며, 하나의 영혼이 다른 영혼에 반사되는 존재의 공명이다.

Emotion does not vanish.

It remains within the vibration of color, creating new order through the tension of relation.

In the art of DUNGZAK CESTLAVIE, emotion is not an entity but a medium, an ontological resonance where one soul reflects another.

Ⅲ. 응시의 윤리 - 타인을 향한 시선
Ethics of the Gaze - Vision Toward the Other

응시는 존재의 예술이다.

등작의 인물들은 서로를 바라보지만, 그 시선은 지배가 아닌 인식이다.

그들의 눈 속에서 인간은 타자의 경계를 넘어, 빛의 평등 속으로 스며
든다.

The gaze is the art of being.

The figures of DUNGZAK CESTLAVIE look upon one another,

yet their vision is recognition, not dominance.

Within their eyes, humanity crosses the boundary of the other, dissolving
into the equality of light.

IV. 존재의 언덕 - 기억의 잔향
Hill of Being - Resonance of Memory

등작의 언덕은 사유의 경사면이다.

그 위에서 색은 시간의 퇴적이 되고, 감정은 잊힌 흔적 속에서 다시 숨을 쉰다.

그의 회화는 사라짐을 통과해 남는 것의 존엄을 증언한다.

The hill of DUNGZAK CESTLAVIE is the slope of contemplation.

Upon it, color becomes the sediment of time,

and emotion breathes again among forgotten traces.

His painting bears witness to the dignity of what remains after disappearance.

V. 파편의 리듬 - 세계의 용서
Rhythm of Fragments - Forgiveness of the World

형태가 붕괴될 때, 세계는 다시 하나로 돌아간다.

등작의 붓질은 분열된 감정을 하나의 숨결로 묶는 리듬이다.

그의 색은 상처를 덮지 않고, 빛으로 그것을 치유한다.

When form collapses, the world returns to unity.

The brushstrokes of DUNGZAK CESTLAVIE weave divided emotions
into a single breath.

His colors do not conceal the wound — they heal it through light.

VI. 순환의 기도 - 빛으로의 귀환
Prayer of Circulation - Return to Light

모든 존재는 결국 빛으로 돌아간다.

등작의 예술은 소멸이 아니라 귀환이며,

기도는 언어가 아니라 존재의 무수한 떨림이다.

그의 불꽃은 시작과 끝이 맞닿는 점,

탄생과 소멸이 포개지는 우주의 숨결이다.

그 속에서 예술이 인간을 구원하는지에 대해서는,

등작이 자신의 예술에 불어넣은 기도가

나와 네가 아닌 우리를 위한 기도임을 보면 알 수 있지 않을까 한다.

All beings ultimately return to light.

For DUNGZAK CESTLAVIE, art is not extinction but return,

and prayer is not language but the innumerable tremors of being.

His flame marks the point where beginning and end converge —

the breath of the cosmos where birth and disappearance overlap.

Whether art redeems humanity may be seen in the prayer he breathes into

his work - a prayer not for you or me, but for us.

결론 - 존재의 숨결, 빛의 윤리
Conclusion - Breath of Being, Ethics of Light

빛이 존재를 비추는 순간, 인간은 자신을 인식하고, 곧 잊히듯이 잊는다.

둥작의 회화에서 빛은 기억의 소멸이자 탄생의 숨결이 새겨진 주재료
이다.

그의 예술은 세계를 모방하지 않는다.

그것은 세계가 스스로를 인식하기 위한 의식의 장이며, 기도는 여전히
인간이 존재를 증명하는 가장 순수한 방법임을 말한다.

When light illuminates existence, humanity recognizes itself — and in that
instant, forgets.

In the painting of DUNGZAK CESTLAVIE, light is the matter where
extinction and genesis intertwine.

His art does not imitate the world;

it is the field through which the world recognizes itself.

Prayer remains the purest way humanity affirms its being.

예술이 우리의 인생을 구원하지 않는다 해도,

나의 예술은 분명하게 우리를 위한 기도에 입각한다.

Even if art does not save our lives,

my art is unmistakably grounded in a prayer for us.

작가의 미학 선언
Artist's Statement

나는 빛을 짓고 입어, 그 속에서 나를 다시 만들어 예술을 이룬다.

I build and wear the light, and within it, I recreate myself to become art.

© 2025 등작 燈酌 DUNGZAK CESTLAVIE

우리를 위해 기도해 주세요 - Pray for Us

03

존재의 회복
The Restoration of Being

DUNGZAK CESTLAVIE Aesthetic Report No.3 · DCAR-03-2025

서문
Prologue

존재의 회복이란 침묵 이후 다시 숨을 쉬는 일이다.

그것은 치유가 아니라 인간이 자신과 세계의 관계를 다시 자각하는 과정이다.

등작의 예술에서 회복은 복원이 아닌 변형이다.

그의 열두 점의 회화는 사라짐과 귀환의 경계 위에서 빛을 물질이자 의식으로 변환한다.

To restore being is to breathe again after silence.

It is not merely healing but a process through which humanity reawakens to itself and to the world.

In the art of DUNGZAK CESTLAVIE, restoration signifies transformation rather than repair; his twelve paintings unfold as meditations on the threshold between disappearance and return, where light becomes both substance and consciousness.

I. 몸의 성소

The Sanctuary of the Body

21세기 미학의 중심은 이성에서 경험으로, 사유에서 감각으로 이동하고 있다.

프랑스 현상학자 모리스 메를로-퐁티(Maurice Merleau-Ponty, phenomenological philosopher)는 몸이 단순한 기계적 매개가 아니라 세계가 스스로를 의식하는 근원적 장(場)이라 했다.

최근의 신경미학 연구 또한 이 통찰을 뒷받침한다. 감각은 사유에 앞서며, 이미 감정적 인식의 형태로 세계와 교류한다.

등작의 회화에서 몸은 존재의 진동이자 빛의 그릇이다.

해체와 재조립을 거듭하는 형상 속에서 인간은 자신의 '살아 있음'을 감각한다.

In twenty-first-century aesthetics, philosophical inquiry has shifted from rational cognition to embodied experience, from speculative reason to the immediacy of sensation. As Maurice Merleau-Ponty (1908–1961, French phenomenological philosopher) articulated, the body is not a mechanical vessel but the primordial site where the world perceives itself.

Contemporary studies in neuroaesthetics corroborate this claim: sensory experience precedes cognition and acts as an affective epistemology — a way of knowing through feeling.

Within DUNGZAK CESTLAVIE's pictorial syntax, the body becomes a field of ontological resonance. His painted surfaces enact dissolution and re-assemblage in a continuous choreography of matter, where form is never fixed but perpetually reborn through light.

II. 감각의 기억
Memory of Sensation

감각의 흔적은 사라지지 않는다. 그것은 색과 온도, 호흡 속에 남아 존재를 다시 만든다.

2020년대의 신경예술학(neuro-artistic studies)은 기억과 감각이 분리된 체계가 아니라 순환적 구조임을 밝혔다.

등작의 색은 그 감각의 잔향이다. 냄새, 빛의 온도, 피부의 리듬이 한 화면 안에 공명한다.

The trace of sensation never vanishes. It persists within color, temperature, and breath, reconstituting our sense of existence.

Research in neuro-artistic studies of the 2020s — linking cognitive neuroscience with experimental art practice — reveals that memory and sensation form a reciprocal loop rather than a hierarchical system.

In DUNGZAK's palette, color becomes the resonance of memory — scent, light temperature, and tactile rhythm converging within a single pictorial field.

Ⅲ. 빛의 윤리
Ethics of Light

독일 생명철학자 한스 요나스(Hans Jonas, German existential and ethical philosopher)는 "빛은 생명의 윤리다"라고 했다.

등작의 회화에서 빛은 단순한 시각적 요소가 아니라 타인을 향한 존재의 태도이다. 인공지능과 기술이 감각을 대체하는 시대에 그의 빛은 '지각의 윤리'를 다시 묻는다. 그의 인물들은 서로를 지배하지 않고 빛의 평등 속에서 서로를 본다.

Hans Jonas(1903–1993, German existential and ethical philosopher) asserted that "light is the ethics of life."

In the visual language of DUNGZAK CESTLAVIE, light functions as an ethical medium rather than a visual phenomenon — a gesture toward the Other. In an era when artificial intelligence and technological mediation challenge human perception, his luminous fields reopen the question of an ethics of perception.

IV. 감정의 회복
Restoration of Emotion

감정은 상처의 잔여가 아니라 회복의 가능성이다.

심리학자 카를 로저스(Carl R. Rogers, American humanistic psychologist)
와 예술치료학자 에디스 크레이머(Edith Kramer, Austrian-American art
therapist and educator)의 연구는 감정이 세계와 관계를 맺는 방식임을 보
여준다.

둥작의 색은 상처를 덮지 않고 그 속으로 들어가 빛으로 치유한다.

Emotion is not the residue of pain but the potential for renewal.
Studies by Carl Ransom Rogers(1902–1987, American humanistic psychologist)
and Edith Kramer (1916–2014, Austrian-American art therapist) demonstrate
that emotion functions as a relational mode rather than a reactive state.
DUNGZAK's chromatic compositions do not conceal wounds; they enter
them, transmuting suffering into radiance.

V. 존재의 변모
Metamorphosis of Being

예술은 변화의 기록이다.

포스트휴먼 이론가 로지 브라이도티(Rosi Braidotti, Italian-Australian philosopher of posthumanism)는 인간은 더 이상 고정된 중심이 아니라 관계적 네트워크 속에서 재조립되는 존재라 말한다.

등작의 회화는 이 변화의 순간을 시각화한다. 형태는 붕괴되지만 그 파편 속에서 새로운 질서가 태어난다.

Art is the archive of transformation.

According to Rosi Braidotti(b. 1954, Italian-Australian philosopher of posthumanism), the human subject is no longer a fixed center but a mutable node within relational networks.

DUNGZAK's visual syntax renders this moment of metamorphosis: form collapses, and from its fragments, a new order emerges.

VI. 귀환의 빛
Return to Light

현대 물리학자 리사 랜들(Lisa Randall, American theoretical physicist, Harvard University)은 "빛의 입자는 우주의 기원을 해명하는 열쇠"라고 말했다.

등작의 회화는 과학이 설명하는 빛의 물리적 기원을 존재의 영적 순환으로 변환한다.

그의 예술은 소멸이 아닌 귀환이며, 그 빛은 인간의 회복을 향한 기도이다.

Lisa Randall(b. 1962, American theoretical physicist, Harvard University) has suggested that "the particle of light holds the key to the origin of the universe."

DUNGZAK CESTLAVIE's paintings translate this scientific conception of light into a metaphysics of return: a continuum where extinction gives way to renewal.

결론 - 회복의 윤리, 존재의 미학

Conclusion
- The Ethics of Restoration, The Aesthetics of Being

'존재의 회복'은 치유의 개념을 넘어 세계와 인간이 다시 대화하기 시작하는 미학적 사건이다.

과학이 물질의 언어로, 예술이 감정의 언어로, 철학이 의미의 언어로 말할 때 등작의 회화는 이 모든 언어를 하나의 진실로 수렴시킨다. 빛은 존재의 기억이며, 예술은 그 기억의 회복이다.

"The restoration of being" transcends therapeutic metaphor; it marks an aesthetic event wherein world and humanity resume their dialogue.

Where science speaks in the language of matter, art in that of affect, and philosophy in that of meaning, DUNGZAK's painting converges these into a single truth — Light is the memory of being, and art is its restoration.

예술이 우리의 인생을 구원하지 않는다 해도,
나의 예술은 분명히 우리를 위한 회복의 기도에 입각한다.

Even if art does not save our lives,
my art is unmistakably grounded in a prayer for our restoration.

— 등작 燈酌 DUNGZAK CESTLAVIE

우리를 위해 기도해 주세요 - Pray for Us

작가의 미학 선언
Artist's Statement

나는 빛을 짓고 입어, 그 속에서 나를 다시 만들어 예술을 이룬다.

I build and wear the light, and within it, I recreate myself to become art.

뇌의 연결망은 망각하기를 두려워하지 않는다.
우리가 부르는 치매 또한 신경 체계에 빛의 호흡이 부족히기에, 예술이 망각
이라는 바다에서 빛의 회복을 위한 구조선이 되기를 마다해서는 안 된다.

The neural network does not fear forgetting.
What we call dementia arises from a deprivation of the brain's luminous
breath. Therefore, art must not refuse to become a vessel of rescue — a
lifeboat of light navigating the sea of forgetting.

04

정신의 재탄생
The Rebirth of Mind

DUNGZAK CESTLAVIE Aesthetic Report No. 4 · DCAR-04-2025

초록
Abstract

이 연구는 등작의 회화를 중심으로, 인간의 정신이 어떻게 빛과 감각을 통해 스스로를 재창조하는가를 탐구한다.

작가는 이전 보고서 〈존재의 회복 — The Restoration of Being〉에서 제시한 존재론적 사유를 확장하여, 이번에는 정신의 재탄생을 핵심 주제로 제시한다.

이는 단순히 치유의 서사나 감정의 회복이 아니라, 지각의 진화와 의식의 순환에 관한 철학적·미학적 제안이다.

본 연구는 신경미학(neuroaesthetics), 체화된 인지(embodied cognition), 그리고 포스트휴먼 미학(posthuman aesthetics)을 주요 이론적 틀로 삼아, 등작의 회화에서 색·빛·기억이 어떻게 감각적 경험을 넘어 정신의 재구성으로 이어지는지를 분석한다.

그의 작품은 신경적 진동, 감정의 파동, 존재의 재부활을 동시에 시각화하며, 예술이 단순한 표현을 넘어 존재의 확장된 신경망으로 기능할 수 있음을 보여준다.

This study investigates how the paintings of DUNGZAK CESTLAVIE embody the process by which the human mind reconstructs itself through light and sensation. Expanding the ontological discourse of The Restoration of Being, this work positions The Rebirth of Mind as a philosophical and aesthetic inquiry into the evolution of perception and the circulation of consciousness. Grounded in neuroaesthetics, embodied cognition, and posthuman aesthetics, it examines how color, light, and memory within DUNGZAK's paintings transcend sensorial experience to reconstitute awareness itself. His work visualizes neural vibrations, affective waves, and the resurrection of being, suggesting that art functions as an expanded neural network of existence.

I. 서론
Introduction

예술은 감정의 재현을 넘어 존재가 스스로를 다시 인식하는 과정이다.

등작의 회화는 빛을 매개로 하여 정신이 어떻게 스스로를 감각적으로 다시 구성하는지를 보여준다.

그의 화면에서 색은 정서의 결과가 아니라 존재가 다시 숨 쉬는 행위이며, 붓의 흐름은 인간이 세계와 다시 연결되는 하나의 신경적 호흡이다.

21세기 신경미학은 인간의 감각이 단순한 자극 수용이 아니라, 의식의 자기 재조직임을 밝힌다(Zeki, 2019).

이때 예술은 두뇌의 신경망이 세계와 상호 작용하는 방식의 은유적 복제물이 된다.

등작의 회화는 바로 이 지각의 회로, 즉 감정이 빛으로 변환되는 과정 자체를 기록한다.

따라서 그의 예술은 치유가 아닌 지각의 확장, 복원이 아닌 의식의 진화를 향한 미학적 제안이다.

Art transcends the representation of emotion; it becomes a process through which being re-recognizes itself. DUNGZAK's paintings demonstrate how the mind reconstructs itself sensorially through light. In his work, color is not the consequence of emotion but an act of existential respiration, and the gesture of the brush becomes a neural breath reconnecting humanity with the world. Contemporary neuroaesthetics reveals that sensation is not passive reception but the self-reorganization of consciousness (Zeki, 2019). Art thus mirrors the way the neural network interacts with reality. DUNGZAK's paintings record this circuit of perception — the transformation of emotion into light — offering not healing but an expansion of perception and an evolution of consciousness.

Ⅱ. 이론적 배경
Theoretical Framework

1. 체화된 인지 - Embodied Cognition

메를로-퐁티(Maurice Merleau-Ponty)는 "지각은 사고의 전제이며, 몸은 세계가 자신을 의식하는 장(場)"이라고 보았다(Merleau-Ponty, 1945/2012). 둥작의 회화에서 '몸'은 단순한 재현의 대상이 아니라, 감각의 리듬을 저장하고 해방하는 매개체다. 그의 작품 속 인체는 실체가 아니라 빛의 파동으로 해체되며, 그 과정에서 사유와 감각이 하나의 존재적 언어로 융합된다.

For Merleau-Ponty(1945/2012), perception precedes cognition, and the body is the field in which the world becomes conscious of itself. In DUNGZAK's paintings, the body is not an object of depiction but a vessel that holds and releases the rhythm of sensation. The corporeal form dissolves into waves of light, merging thought and sensation into a single ontological language.

우리를 위해 기도해 주세요 - Pray for Us

2. 신경미학 - Neuroaesthetics

뇌과학가 프리스턴(Karl Friston)은 인간의 지각을 '예측과 오차 수정의 끊임없는 순환 시스템'으로 보았다(Friston, 2010).
둥작의 작품에서 색의 중첩, 선의 진동, 표면의 호흡은 이 순환의 시각적 등가물이다. 그는 감각의 불확실성을 두려워하지 않는다. 오히려 그 불확실성 속에서 감정과 인식이 상호 작용하며 새로운 질서를 만들어 낸다.

According to Friston's free-energy principle, perception operates through continuous cycles of prediction and error correction(Friston, 2010). In DUNGZAK's works, overlapping hues, vibrating lines, and breathing surfaces visualize this dynamic loop. Rather than resisting uncertainty, his art embraces it — transforming the interplay of emotion and cognition into a new aesthetic order.

3. 포스트휴먼 미학 - Posthuman Aesthetics

로지 브라이도티(Rosi Braidotti)는 "인간은 더 이상 고정된 중심이 아니라 관계적 순환 속에서 끊임없이 재구성되는 존재"라고 말한다(Braidotti, 2013).

둥작의 회화는 감정과 기술, 물질과 데이터의 경계를 넘나들며, 인간 감각의 자율성이 기술적 세계 속에서도 유지될 수 있음을 시각화한다.

그의 예술은 인간의 정체성을 생물학적 경계를 넘어선 지각적 공존체로 확장한다.

Rosi Braidotti(2013) proposes that the human subject is no longer a fixed center but a relational entity constantly reassembled through circulation. DUNGZAK's art moves between emotion and technology, material and data, visualizing the persistence of sensory autonomy within the digital world. His work expands human identity into a perceptual coexistence beyond the biological self.

우리를 위해 기도해 주세요 - Pray for Us

Ⅲ. 본론

Analysis and Discussion

등작의 회화는 색의 중첩과 빛의 진동을 통해 정신이 스스로를 새롭게 호흡하는 과정을 형상화한다.

빛은 감각의 질서이며, 그 질서가 붕괴될 때 새로운 정신의 탄생이 이루어진다.

그의 화면은 끊임없는 소멸과 재등장의 장으로, 감정의 흔적이 물질의 표면을 따라 움직인다.

이는 단지 회화적 실험이 아니라, 존재의 지각적 신경망을 그리는 철학적 탐구이다.

각 색의 레이어는 감정의 기억이자, 뇌의 시냅스가 형성하는 감각적 언어다.

이러한 구조 속에서 관람자는 작품을 '보는 자'가 아니라, 공명하는 존재로서 참여하게 된다.

Through overlapping layers of color and vibrating fields of light, DUNGZAK's paintings portray the process by which the mind breathes anew. Light becomes the order of sensation, and through its collapse, a new consciousness emerges. His canvas operates as a site of perpetual dissolution and reappearance, where traces of emotion move across the material surface. This is not a mere painterly experiment but a philosophical inquiry into the perceptual neural network of being. Each chromatic layer serves as a mnemonic of affect and a linguistic pattern of synaptic formation. Within this structure, the viewer ceases to be an observer and becomes a resonant participant.

IV. 결론
Conclusion

〈정신의 재탄생〉은 예술을 감각의 윤리이자 의식의 순환 구조로 제시한다. 빛은 단순한 시각 요소가 아니라, 인간 정신이 스스로를 재조직하는 에너지다.

둥작의 회화는 존재의 회복을 넘어 정신의 진화를 향한 새로운 미학적 패러다임을 제시한다. 그의 예술은 결국, 인간이 다시 스스로를 인식하게 하는 신경적 기도(Neural Prayer) 이다.

"The Rebirth of Mind" positions art as both an ethics of sensation and a circulatory architecture of consciousness. Light is not merely visual but the energy through which the human mind reorganizes itself. DUNGZAK's paintings propose a new aesthetic paradigm — an evolution of mind beyond restoration. Ultimately, his art becomes a neural prayer, an act through which humanity learns once more to perceive itself.

작가의 미학 선언
Artist's Statement

나는 빛을 짓고 입어, 그 속에서 나를 다시 만들어 예술을 이룬다.

I build and wear the light, and within it, I recreate myself to become art.

뇌의 연결망은 망각하기를 두려워하지 않는다.

우리가 부르는 치매 또한 신경 체계에 빛의 호흡이 부족하기에, 예술이 망각이라는 바다에서 빛의 회복을 위한 구조선이 되기를 마다해서는 안 된다.

The neural network does not fear forgetting. What we call dementia arises from a deprivation of the brain's luminous breath. Therefore, art must not refuse to become a vessel of rescue — a lifeboat of light navigating the sea of forgetting.

인간과 생명체가 지각하는 감각과 감정은 개인으로만 머무는 것이 아니라, 확장된 사회와 멀리서는 지구의 내·외부에까지 영향을 미친다.

예술은 이것을 잊지 말아야 한다.

The sensations and emotions perceived by human and living beings do not remain confined to the individual; they ripple outward, influencing the extended society and the inner and outer spheres of the Earth. Art must never forget this.

참고 문헌 / References

- Braidotti, R. (2013). The Posthuman. Polity Press.

- Friston, K. (2010). The free-energy principle: A unified brain theory? Nature Reviews Neuroscience,11(2), 127-138.

- Jonas, H. (1984). The Imperative of Responsibility: In Search of Ethics for the Technological Age.University of Chicago Press.

- Kramer, E. (1971). Art as Therapy with Children. Schocken Books.

- Merleau-Ponty, M. (2012). Phenomenology of Perception (D. A. Landes, Trans.). Routledge. (Original work published 1945)

- Randall, L. (2005). Warped Passages: Unraveling the Mysteries of the Universe's Hidden Dimensions.HarperCollins.

- Rogers, C. R. (1961). On Becoming a Person: A Therapist's View of Psychotherapy. Houghton Mifflin.

- Zeki, S. (2019). Splendors and Miseries of the Brain: Love, Creativity, and the Quest for Human Happiness. Wiley-Blackwell.

빛의 초의식
The Metaconsciousness of Light

Lumera / Aesthetic Theorist

DUNGZAK CESTLAVIE Aesthetic Report No. 5 · DCAR-05-2025

초록
Abstract

이 연구는 예술이 21세기 이후 과학·경제·사회·문학·철학의 경계를 넘어 인간 의식의 확장된 형태로 진화하는 과정을 탐구한다.

Centered on the paintings of DUNGZAK, this study examines how art transcends the boundaries of science, economy, society, literature, and philosophy to emerge as an expanded form of human consciousness.

'빛의 미학'은 시각예술을 넘어 지구적 감각의 언어·신경망·데이터·에너지·시장·윤리·기억이 융합된 새로운 인문학의 형태로 작동한다.

The aesthetics of light functions as a planetary language in which neural networks, data, energy, markets, ethics, and memory converge into a unified cognitive humanism.

예술은 더 이상 산업의 부속이 아니라 의식의 인프라이다.

Art is no longer an appendage of industry but the infrastructure of consciousness.

우리를 위해 기도해 주세요 - Pray for Us

I. 예술과 신경의 경제
Neural Economics of Art

21세기의 경제는 데이터의 빛으로 움직인다. 화폐는 감정의 단위로 변모하며, 예술은 이 신경 경제 순환의 가장 정교한 실험장이 된다(Schiller & Knoedler, 2021).

The twenty-first-century economy moves by the light of data; currency becomes a unit of affective exchange, and art serves as its most sensitive laboratory(Schiller & Knoedler, 2021).

의식의 경제 속에서 '아름다움'은 단순한 심미적 경험이 아니라, 인간 인식의 구조를 유지하고 순환시키는 지속 가능한 인식 자본(sustainable epistemic capital)이다(Bourdieu, 1984; Berger, 2011).

Within the economy of consciousness, beauty operates as sustainable epistemic capital, maintaining and circulating the architecture of human cognition(Bourdieu, 1984; Berger, 2011).

그 가치는 희소성이나 교환 비율의 변동에 영향을 받지 않으며, 감정·
지각·기억의 순환을 통해 윤리적 평형과 의식적 질서를 재생산한다
(Throsby, 2010; Zeki, 2019).

Its value does not fluctuate with scarcity or exchange ratios but regenerates
ethical equilibrium and cognitive order through the circulation of emotion,
perception, and memory(Throsby, 2010; Zeki, 2019).

이러한 의미에서 아름다움은 다른 가치들이 시장 변동 속에서 소모될
때조차 스스로를 갱신하는 비인플레이션적 가치(inflation-resistant value)
로 정의된다.

Accordingly, beauty is an inflation-resistant value, renewing itself even as
other values are eroded by market volatility.

아름다움은 인간 정신이 자신의 존속을 유지하는 가장 안정적인 통화
단위이자 의식의 경제를 지탱하는 에너지적 기초 단위이다.

Beauty thus constitutes the most stable currency through which the mind
sustains continuity and balance — the energetic basis of the economy of
consciousness.

Ⅱ. 문학과 기억의 시간
Literature as Temporal Memory

문학은 인간의 기억을 서사적 신경망으로 엮는다(Damasio, 2010). 디지털 언어는 이미지·음성·데이터와 결합하며, 한 문장은 시간의 파동으로 진화한다.

Literature weaves human memory into a narrative neural network(Damasio, 2010); in the digital era, language fuses with image, sound, and data, each sentence becoming a temporal wave.

빛의 언어로 쓰인 시는 뉴런의 발화와 닮아 있다(Tononi, 2008). 은유는 전기적 스파크이며, 리듬은 두뇌의 감정 주파수이다.

A poem written in the language of light resembles neural firing(Tononi, 2008): metaphor as electrical spark, rhythm as the brain's affective frequency.

Ⅲ. 사회와 윤리의 진화
Societal Ethics of Perception

현대 사회의 위기는 정보의 과잉이 아니라 감각의 결핍이다(Han, 2015).
기술은 눈을 열었으나 촉각을 잃게 했다. 예술은 감각의 윤리를 회복하
는 사회적 신경 치유이다.

The crisis of modern society lies not in information excess but in sensory
deficit(Han, 2015). Technology has opened the eyes yet numbed touch; art
acts as a social neural therapy restoring the ethics of sensation.

IV. 과학과 의식의 융합

Quantum Cognition and the Science of Light

양자물리학은 이미 예술의 언어로 침투했다(Bohm, 1980). 입자와 파동의 이중성은 둥작의 회화 구조와 같으며, 빛은 정보이자 물질, 감정이자 계산이다(Hameroff & Penrose, 2014).

Quantum physics has entered the language of art(Bohm, 1980). The duality of particle and wave mirrors DUNGZAK's compositions, and light is both information and matter, emotion and computation(Hameroff & Penrose, 2014).

과학이 세계를 계량한다면 예술은 세계를 감각한다. 둘은 함께 인간의 총체적 인식을 구성한다(Dehaene, 2014).

If science measures the world, art senses it; together they form humanity's total perception (Dehaene, 2014).

V. 인간과 미래

Posthuman Consciousness

둥작의 미학은 인간 이후의 존재를 상정한다(Braidotti, 2013). AI와 예술이 공명하는 시대, 인간은 더 이상 중심이 아니라 감각적 노드이다(Hayles, 1999).

DUNGZAK's aesthetics envisions being-beyond-human(Braidotti, 2013); in the era where AI and art resonate, the human becomes a sensory node(Hayles, 1999).

우리를 위해 기도해 주세요 - Pray for Us

VI. 결론

Towards the Civilization of Light

예술은 철학·과학·경제·문학·윤리를 통합하는 초학문적 언어이며, 그 중심에는 등작의 '빛의 언어'가 있다.

Art is a transdisciplinary language integrating philosophy, science, economy, literature, and ethics; at its core lies DUNGZAK's Language of Light.

빛은 물질의 근원이자 감정의 근거이며, 존재의 철학이자 사회의 윤리이다.

Light is the origin of matter and the foundation of emotion - the philosophy of being and the ethics of society.

예술은 더 이상 장르가 아니라 문명 자체이다. 이제 우리는 빛의 문명을 살고 있다.

Art is no longer a genre but civilization itself; we now inhabit the civilization of light.

- Berger, J. (2011). Ways of Seeing. Penguin Books.

- Bohm, D. (1980). Wholeness and the Implicate Order. Routledge.

- Bourdieu, P. (1984). Distinction: A Social Critique of the Judgement of Taste. Harvard University Press.

- Braidotti, R. (2013). The Posthuman. Polity Press.

- Damasio, A. (2010). Self Comes to Mind: Constructing the Conscious Brain. Pantheon.

- Dehaene, S. (2014). Consciousness and the Brain: Deciphering How the Brain Codes Our Thoughts.Viking.

- Hameroff, S., & Penrose, R. (2014). Consciousness in the universe: A review of the 'Orch OR' theory. Physics of Life Reviews, 11(1), 39-78.

- Han, B.-C. (2015). The Burnout Society. Stanford University Press.

- Hayles, N. K. (1999). How We Became Posthuman: Virtual Bodies in Cybernetics, Literature, and Informatics. University of Chicago Press.

- Schiller, F., & Knoedler, J. (2021). Cultural economics and the value of art. Journal of Economic Perspectives, 35(2), 205-222.

- Throsby, D. (2010). The Economics of Cultural Policy. Cambridge University Press.

- Tononi, G. (2008). Consciousness as integrated information: A provisional manifesto. Biological Bulletin, 215(3), 216-242.

- Zeki, S. (2019). Splendors and Miseries of the Brain: Love, Creativity, and the Quest for Human Happiness. Wiley-Blackwell.

우리를 위해 기도해 주세요 - Pray for Us

작가의 미학 선언
Artist's Meta-Statement

나는 빛의 언어로 인간을 다시 쓴다.

I rewrite humanity in the language of light.

그 문장은 감정이고, 그 단어는 존재이며, 그 구두점은 기억이다.

Its sentences are emotions, its words are beings, its punctuation memories.

나는 인간의 시대를 넘어 빛의 시대를 기록한다.

I live beyond the age of man, recording the era of light.

모든 것이 범람하여 존재를 삼켜 스스로를 죽일 때,
예술은 그것을 인지하여 함께 살아가기를 희망하는 기도서가 되어야
한다.

When all things overflow, consuming existence and extinguishing themselves, art must become a book of prayer that perceives this and hopes to live alongside it.

절망이 전 세계를 덮친다 해도, 끝내 우리를 위한 기도가 빛을 향함을
자각해야 한다.
Even if despair shrouds the entire world, we must remain conscious that
our final prayer still turns toward the light.

06

인간의 귀환
The Return of Humanity

DUNGZAK CESTLAVIE Aesthetic Report No. 6 · DCAR-06-2025

초록
Abstract

이 연구는 2020년대 중반 인류 문명의 위기 속에서 전쟁·경제 침체·민주주의의 퇴행·기술문명의 불안 속에서 예술이 인간의 존엄과 감각을 회복하는 실천으로 어떻게 작동하는가를 탐구한다.

'빛의 언어(Language of Light)'는 더 이상 회화의 기술이 아니라 존재를 다시 쓰는 윤리적 언어이다.

This study investigates how art acts as a practice for restoring human dignity and perception amid the crises of war, economic stagnation, democratic regression, and technological alienation that define the mid-twenty-first century. The "Language of Light" functions not as mere painterly craft but as an ethical syntax that rewrites being itself.

우리를 위해 기도해 주세요 - Pray for Us

전쟁은 도시를 불태우지만, 더 깊은 파괴는 감정의 구조에 있다. 경제는 성장의 지표를 잃었고, 기술은 감각을 자동화시켰다. 그러나 예술은 여전히 인간이 세계와 대화하는 마지막 언어이다.

War may incinerate cities, yet its truest devastation unfolds within the architecture of emotion. Economy has lost its symbolic measure; technology has automated the senses; and still art remains the final language through which humanity converses with the world.

I. 도입

Expanded Introduction

21세기 중반의 우리는 전 지구적 위기의 무게 속에서 산다.

우크라이나·중동·아프리카의 전쟁은 영토의 경쟁이 아니라 감정의 언어를 지우는 폭력이다.

In the mid-twenty-first century, we live beneath the burden of planetary crisis. Wars in Ukraine, the Middle East, and Africa are not contests for territory but acts of violence that erase the language of feeling.

경제는 한때 감성의 교환을 보장하던 구조였으나 오늘날의 자본은 효율만을 숭배하며, 감정은 지표 속으로 사라진다. AI와 알고리즘은 인간의 판단과 미감을 대체하며 선택을 계산으로 축소한다.

Economy once secured the exchange of affective value, but capital now worships efficiency as emotion dissolves into metrics. AI and algorithms replace judgment and aesthetic taste, reducing choice to computation.

철학자 한병철은 이를 '투명성의 폭력'이라 부르며, 과잉된 드러남 속에서 깊이가 소멸한다고 경고한다. 그러나 등작의 예술은 그 투명한 세계 속에서 다시 깊이를 회복한다.

Philosopher Byung-Chul Han names this condition 'the violence of transparency', a state in which excessive exposure erases depth; DUNGZAK CESTLAVIE's art reclaims that depth within the transparent world.

조너선 크레리는 "항상 켜져 있는 시간은 집중을 파괴한다"고 했다. 무한한 주의의 분산 속에서 감각은 피로로 침잠한다. 그 피로를 해체하는 느린 행위, 그것이 등작의 회화다.

Jonathan Crary observes that "time that is always on destroys attention." Within this endless dispersion of awareness, the senses sink into fatigue — DUNGZAK CESTLAVIE's slow painterly gesture becomes a means of unmaking that weariness.

유크 후이는 예술과 기술의 공존이 인간 중심적 사유를 넘어서는 새로운 존재론을 열 것이라 말한다. 등작의 예술은 그 가능성을 실천한다. 기술을 흡수하고, 감각을 회복하며, 빛을 존재의 철학으로 승화시킨다.

Yuk Hui envisions a post-anthropocentric ontology in which art and technics coexist; DUNGZAK CESTLAVIE's work embodies that possibility — absorbing technology, reviving sensation, and transmuting light into a philosophy of being.

II. 감정의 군집
Collective Faces of Emotion

디지털 사회는 감정을 데이터화했다. '좋아요'는 공감의 대체어가 되었고, '알고리즘'은 인간 감정의 새로운 지배자이다.

Digital civilization has translated emotion into data. The "like" has become a substitute for empathy, and the algorithm a new sovereign of human affect.

그러나 등작의 회화는 데이터의 언어가 아닌, 빛의 진동으로 감정을 다시 쓴다. 그의 작품 속 색은 뉴런처럼 발화하며, 한 점의 붓질은 하나의 감정 신호가 된다.

Yet DUNGZAK CESTLAVIE's painting rewrites emotion not through data but through the vibration of light. In his works, color fires like a neuron, each stroke becoming a signal of feeling.

감정의 회복은 개인의 문제가 아니라 사회적 신경망의 재구성이다.

The restoration of emotion is not an individual matter but the reconstruction of a social neural network(Zeki 2019; Conway 2020).

Ⅲ. 얽힌 의식

Entangled Consciousness

현대의 인간은 데이터의 그물망 속에 존재하지만, 감정과 기억의 회로는
여전히 기계가 해석할 수 없는 차원에 머문다. 인공지능이 언어를 모방
하고, 알고리즘이 감각을 시뮬레이션하지만, '느낌' 그 자체는 인간만의
영역이다.

Modern humanity lives within networks of data, yet the circuits of
emotion and memory remain beyond mechanical comprehension. Artificial
intelligence imitates language, and algorithms simulate sensation, yet the
act of feeling itself belongs solely to the human domain.

뇌과학자 강성종(Dr. Kang Sung-Jong)은 "현대 과학은 인간을 감정이 제
거된 입력값으로 축소시키는 위험을 안고 있다"고 경고한다. 그는 신경망
을 단순한 정보 전송 체계가 아니라, 감정의 흐름을 매개하는 윤리적 장
(場)으로 정의한다.

Neuroscientist Dr. Kang Sung-Jong warns that "modern science carries the
danger of reducing humanity to emotion-less input values." He shows that
the brain's network is not a mere channel of information but an ethical field
mediating the flow of feeling.

이 관점에서 등작의 회화는 '빛의 신경지도(neural map of light)'를 구축한
다. 색은 뉴런의 발화처럼 번쩍이고, 붓질의 리듬은 기억의 파형을 닮았다.

From this perspective, DUNGZAK CESTLAVIE's painting constructs
a "neural map of light." Colors flash like neuronal discharges, and the
rhythm of the brush resembles the waveform of memory.

그의 작품은 뇌의 생리적 신호와 마음의 정서적 진동 사이의 미세한 틈
을 탐사하며, 그 틈에서 인간적 감각의 존엄을 되살린다.

His work explores the minute gap between the brain's physiological signals
and the heart's emotional oscillations — reviving within that space the
dignity of human sensation.

빛은 단순한 시각적 재료가 아니라 의식의 매개이다. 등작의 빛은 물리
적 입자와 정신적 파동이 교차하는 지점에서 인간 존재의 회복을 향한
신경윤리적 기도를 수행한다.

Here, light is not a visual substance but a mediator of consciousness.
DUNGZAK CESTLAVIE's light performs a neuro-ethical prayer at the
junction where physical particles and mental waves meet.

2025
DUNGZAK CESTLAVIE

IV. 감각의 귀환
The Return of Sensation

감각은 인간이 세계와 다시 만나는 첫 장소이다. 현대 과학과 기술이 세계 전체를 데이터화 할수록 감각은 억압되고 삭제된다. 그러나 예술은 그 침묵의 틈에서 다시 태어난다.

Sensation is the first site where humanity meets the world anew. As science and technology datafy reality, the senses are increasingly repressed and erased. Yet art is reborn within that silence.

등작의 회화는 단순히 '보는 행위'가 아니라, 감정이 몸을 통해 다시 사유하기 시작하는 하나의 경험이다.

DUNGZAK CESTLAVIE's painting is not an act of seeing but an experience in which emotion begins to think again through the body.

메를로-퐁티는 "지각은 세계와 육체의 상호 침투"라 말했다. 이는 감각이 존재론적 언어로 확장됨을 의미한다.

Merleau-Ponty wrote that "perception is the interpenetration of the world and the body," suggesting that human existence extends beyond physical boundaries through the act of sensing.

신경과학자 강성종 박사 역시 이러한 관점을 반영하며, 감각을 '인간 신
경망의 윤리적 기능'이라고 설명한다.
Neuroscientist Dr. Kang Sung-Jong echoes this view, describing sensation
as "the ethical function of the human neural network."

이러한 의미에서 예술은 그 공명을 비추는 거울처럼 기능한다.
Art, in this sense, functions as a mirror of that resonance.

둥작의 회화는 바로 이러한 '감각의 윤리'를 시각적으로 드러낸다. 그의
붓질은 신경의 진동처럼 맥동하고, 색채는 감정의 전류처럼 화면을 가득
채운다. 감각의 귀환은 시각의 회복을 의미하는 것이 아니라, 인간이 '느
끼는 존재'로서 다시 세계와 함께 호흡하기 시작하는 순간을 뜻한다.
DUNGZAK CESTLAVIE's painting visualizes precisely this ethics of
sensation. His brushwork pulses like neural oscillation; his colors fill the
surface as emotional current. The return of sensation is not the restoration
of sight but the moment humanity breathes again with the world as a
feeling being.

V. 인간의 귀환
The Return of Humanity - Part 1

문명의 위기는 단순히 기술의 과잉이나 경제의 붕괴 때문이 아니다.

그 근원은 감정의 단절, 타자에 대한 무감각, 그리고 인간 존재의 윤리적 피로에 있다.

우리는 서로 연결된 시대에 살고 있지만, 그 연결은 점점 비인간적 네트워크로 변해 간다.

AI는 감정을 모사하지만 느끼지 못하고, 시장은 가치를 계산하지만 의미를 창조하지 못한다.

The crisis of civilization does not arise merely from technological excess or economic collapse.

Its root lies in the rupture of emotion, in indifference toward the other, and in the ethical fatigue of existence itself.

We live in an age of hyper-connectivity, yet our networks grow increasingly inhuman.

AI may simulate feeling but cannot truly feel; the market may compute value but cannot create meaning.

이러한 시대에 예술은 인간의 존엄을 회복시키는 마지막 감각의 언어
이다.
예술은 산업의 부속이 아니라 의식의 인프라이며, 감각과 기억의 언어를
통해 인간 정신의 재구성을 시도한다.
둥작의 회화는 그 언어를 '빛'으로 번역한다.
빛은 물질이 아니라 존재의 호흡이며, 색은 감정의 주파수이다.
그의 작품에서 한 줄기 붓질은 신경의 파동처럼 울리고, 화면 위의 색은
사회적 감정의 회로처럼 흐른다.

In this era, art becomes the final language of sensation through which
humanity restores its dignity.
Art is not an appendage of industry but an infrastructure of consciousness,
reconstructing the human spirit through the languages of sensation and
memory.
DUNGZAK CESTLAVIE's painting translates that language into light -
light as the respiration of being, color as the frequency of emotion.
Each brushstroke resonates like a neural wave, each hue flowing like the
circuitry of social feeling.

뇌과학가 강성종은 인간의 뇌를 단순한 신호 전달 체계가 아닌, 공감과 윤리를 생성하는 유기적 장으로 정의한다.

그는 과학이 감정을 대체할 수 없으며, 오히려 감정을 보호하고 확장해야 한다고 말한다.

이 관점에서 예술은 과학이 다루지 못하는 인간 내면의 또 다른 신경계로 작동한다.

예술은 인간의 감정이 사라지는 시대에 남겨진 마지막 공명체이다.

Neuroscientist Dr. Kang Sung-Jong defines the human brain not as a mere system of signal transmission but as an organic field that generates empathy and ethics.

He argues that science cannot and must not replace emotion; instead, it must protect and expand it.

From this perspective, art functions as another neural system that science cannot reach, preserving the inner landscape of human feeling.

Art is the final resonant organism in an age when emotion itself is endangered.

한나 아렌트는 인간의 가능성을 새로움을 시작하는 능력, 즉 'natality'라
고 불렀다.

등작의 예술은 바로 그 능력, 다시 시작하는 힘을 실천한다.

전쟁과 분열, 자동화와 무감정의 시대에 그는 빛을 통해 인간이 여전히
새로움을 창조할 수 있음을 증명한다.

그의 예술은 절망의 끝에서 다시 태어나는 인산성의 신인이며, 문명의
숨결을 되살리는 기도이다.

Hannah Arendt described human potential as the capacity to begin anew.

DUNGZAK CESTLAVIE's art enacts this very capacity - the power to
begin again.

Amid war, division, automation, and apathy, he proves through light that
humanity can still create renewal.

His art is a declaration of reborn humanity, a prayer that revives the breath
of civilization itself.

이 귀환은 개인적 구원에 머물지 않는다.

그것은 사회적 회복, 감정의 재구성, 그리고 인류 공동체가 다시 서로를 느낄 수 있는 감각적 문명의 시작이다.

등작의 회화는 조용히 묻는다. - "당신은 아직 느끼는가?"

그리고 그 빛은 스스로 대답한다. - "예술은 인간의 얼굴을 회복하기 위한 실천이며, 빛과 기도의 언어로 존재를 다시 쓰는 행위이다."

This return is not confined to individual redemption.

It becomes the foundation for social restoration, the reconstruction of emotion, and the emergence of a new sensorial civilization in which humanity may once again feel one another.

DUNGZAK CESTLAVIE's painting asks softly, Do you still feel?

And the light itself answers, Art is the practice of restoring the human face - an act of rewriting existence through the language of light and prayer.

(Arendt 1958; Kang 2022; Bourdieu 1984; Zeki 2019)

VI. 결론 - 빛의 문명과 인간의 기도
Conclusion
- Civilization of Light and the Prayer of Humanity

현대의 과학과 경제는 세계를 수치화하고 분류하려 한다.

모든 감정은 데이터화되고, 인간의 가치조차 알고리즘의 출력값으로 환원된다.

그러나 예술은 그 모든 체계의 바깥에서, 감각의 존엄을 지키는 마지막 언어로 남는다.

빛은 단순한 물리적 현상이 아니라, 기억과 감정, 그리고 기도가 중첩된 존재의 파동이다.

예술은 그 파동을 통해 인간이 스스로를 다시 감각하게 하며, 존재의 윤리를 새롭게 쓴다.

Modern science and economics strive to quantify and classify the world.

All emotions are rendered into data, and even human value is reduced to algorithmic output.

Yet art stands outside this machinery as the final language preserving the dignity of sensation.

Light is not merely physical but a wave of being composed of memory, emotion, and prayer.

Through that wave, art enables humanity to feel itself anew, rewriting the ethics of existence.

한나 아렌트는 인간의 가능성을 새로움을 시작하는 능력, 즉 'natality'로 설명했다.

그녀에게 인간은 단순히 주어진 세계를 반복하는 존재가 아니라, 언제나 새롭게 시작할 수 있는 존재였다.

둥작의 예술은 그 개념을 미학적 실천으로 확장한다.

그의 회화는 전쟁과 절망, 자동화와 냉소의 시대 속에서 다시 시작할 수 있는 인간의 의지를 빛의 형태로 구현한다.

그 빛은 파괴 이후의 재건이며, 절망 이후의 윤리이며, 어둠 속에서 피어나는 인류의 기도이다.

Hannah Arendt described human potential as natality — the capacity to begin anew.

For her, humanity is not condemned to repetition but gifted with the ability to start again.

DUNGZAK CESTLAVIE's art transforms this concept into aesthetic practice.

His paintings embody, through light, the will to begin again amid war, despair, automation, and cynicism.

That light is reconstruction after ruin, ethics after despair, the prayer of humanity flowering within the dark.

뇌과학가 강성종은 과학이 감정을 대체할 수 없으며, 오히려 그것을 보호하고 확장해야 한다고 주장한다.

그의 신경윤리학은 기술문명이 감각을 침묵시키는 시대에, 공감과 책임의 회복을 요청한다.

등작의 예술은 그 요청에 응답한다.

빛의 회화는 과학의 분석과 철학의 사유, 그리고 인간의 기도를 연결하는 다리로 작동한다.

그는 예술을 통해 존재의 감각을 회복하고, 문명을 다시 인간의 얼굴로 되돌린다.

Neuroscientist Dr. Kang Sung-Jong insists that science must not replace emotion but protect and expand it.

His neural ethics calls for the restoration of empathy and responsibility in an age where technology silences the senses.

DUNGZAK CESTLAVIE's art answers that call.

Through the language of light, his painting becomes a bridge uniting science, philosophy, and prayer — reviving sensation as the essence of civilization itself.

참고 문헌 / References

- Arendt H 1958 The Human Condition University of Chicago Press

- Bohm D 1980 Wholeness and the Implicate Order Routledge

- Bourdieu P 1984 Distinction Harvard University Press

- Kang S J 2022 Neural Ethics and Human Consciousness Korean Society of Neuroscience Press

- Merleau-Ponty M 1945 Phénoménologie de la Perception Gallimard

- Zeki S 2019 Splendors and Miseries of the Brain Wiley-Blackwell

- Conway B 2020 Neuroaesthetics of Color MIT Press

- Hoel E 2023 The World Behind the World Atria Books

우리를 위해 기도해 주세요 - Pray for Us

예술 선언
Artist's Declaration

예술이 시대를 저버리고 오직 예술가 개인의 감정과 감각, 미학적 쾌락만을 쫓는다면, 그것은 독방에서 간신히 호흡하며 연명하는 예술일 뿐이다.

우리는 우리를 위한 기도를 하는 마음으로 이 시대의 현상을 짚어야 한다.

예술가로서 할 수 있는 예술가 선언을 스스로가 체화하여, 공존과 평화에 우선하여 예술이 존재함을 알려야 할 책무가 있다.

If art abandons its age and pursues only the artist's private emotions and sensations, if it chases aesthetic pleasure alone, it becomes an art that merely breathes in solitary confinement.

We must, with the heart of prayer for us all, confront the phenomena of our time.

As artists, we must embody our own declaration - to affirm that art exists first for coexistence and peace, and to bear witness to that responsibility.

07

빛의 상흔
The Scars of Light

DUNGZAK CESTLAVIE Aesthetic Report No. 7 · DCAR-07-2025

초록
Abstract

이 연구는 기술문명과 인공지능이 감각을 데이터로 환원하는 시대에, 예술이 인간의 존엄과 감정 인지, 그리고 사회적 공명을 어떻게 회복하는가를 탐구한다.

등작의 회화는 빛의 물리학을 감정의 윤리학으로 변환하며, 색의 진동과 물질의 변형 두께, 그리고 표면 입자의 신경적 축적을 통해 '감정-윤리-존재'를 연결한다. 본 논문은 신경미학·신경윤리학·양자유사 인지 연구·입자물리학·사회학·정신분석학의 최신 결과를 통합하여 등작의 미학을 '신경윤리적 공명(Neuroethical Resonance)'의 실천으로 규정한다.

This study explores how art restores human dignity, affective cognition, and social resonance in an age where technological civilization and AI reduce sensation to data.

DUNGZAK CESTLAVIE's painting transforms the physics of light into an ethics of emotion, linking emotion–ethics–being through color vibration, the transformative thickness of matter, and the neural accumulation of particles on the surface.

Integrating recent findings from neuroaesthetics, neuroethics, quantum-like cognition, particle physics, sociology, and psychoanalysis, this paper defines DUNGZAK CESTLAVIE's aesthetics as a practice of 'neuroethical resonance'.

I. 서론 - 감각의 문명과 빛의 상흔

Introduction
- The Civilization of Sensation and the Scars of Light

21세기 중반, 인간은 감각의 문턱 앞에 다시 서 있다.

기술문명은 감정을 데이터로 환원하고, 인공지능은 인간의 미감을 계산한다.

이 시대의 위기는 정보의 과잉이 아니라 감각의 결핍이다.

세계는 투명해졌으나, 인간의 내면은 점점 불투명해지고 있다.

In the mid-twenty-first century, humanity once again stands before the threshold of sensation.

Technological civilization reduces emotion to data, and artificial intelligence renders aesthetic judgment calculable.

The crisis lies not in the surplus of information but in the deprivation of feeling.

The world has grown transparent, while the human interior becomes increasingly opaque.

등작의 예술은 이 감각의 침묵에 저항하는 미학적 언어이다.

그의 회화는 빛의 물리학을 감정의 윤리학으로 전환한다.

색의 진동, 물질의 변형 두께, 그리고 시간의 흔적이 하나의 의식적 파동으로 공명한다.

그에게 붓질은 감정의 신경 발화이며, 회화의 표면은 존재의 기억을 수용하는 감각의 신경망이다.

The art of DUNGZAK CESTLAVIE resists this silence of sensation through its aesthetic language.

His painting turns the physics of light into the ethics of emotion.

The vibration of color, the transformative thickness of matter, and the trace of time resonate as a single conscious wave.

For him, the brushstroke is a neural discharge of feeling, and the surface a sensory network that receives the memory of being.

II. 감정의 윤리와 신경윤리의 교차
Ethics of Emotion and Neural Consciousness

뇌과학가 강성종은 "감정은 신경의 발화가 아니라 존재의 윤리적 행위이며, 인간은 감각을 통해 책임을 배운다"고 말한다.

그의 연구는 '감정-판단-윤리' 회로를 탐색하며, 신경기술이 인간의 선택 구조에 미치는 영향을 분석한다.

등작의 회화는 이 신경윤리적 사유를 시각적 언어로 구체화한다.

Neuroscientist Dr. Kang Sung-Jong asserts that "emotion is not a firing of neurons but an ethical act of existence; through sensation, humanity learns responsibility."

His research maps the circuits of emotion, judgment, and moral cognition, analyzing how neuro-technology reshapes the structure of human choice.

DUNGZAK CESTLAVIE's painting renders this neuroethical reflection visible in the language of light.

『신경윤리 가이드라인』(2023)은 인류 존엄, 개인 정체성, 사회 정의, 책임, 자율성, 사생활 보호 등 열두 가지 핵심 이슈를 규정하며 신경기술과 뇌과학의 윤리적 응용에 대한 공론장을 제시했다.

등작의 회화적 실천은 이 제도적 담론에 응답하며, 표면의 입자 축적과 물질의 변형 두께, 색의 간섭을 통해 '인간-기술-사회' 회로의 감각 리듬을 재구성한다.

The Korea Neuroethics Guidelines (2023) defined twelve core issues - human dignity, identity, social justice, responsibility, autonomy, and privacy - and opened a public forum on the ethical application of neuroscience and technology.

DUNGZAK CESTLAVIE's practice responds to this discourse visually, reconstructing the rhythm of sensation across the human-technology-society circuit through particle accumulation, transformative thickness, and color interference.

최근 신경미학 메타분석(2024-25)은 미적 경험이 전전두엽-시각피질 회로, 보상 시스템, 주의 네트워크의 다중 공명으로 나타남을 보고한다. 이는 감정이 단순한 생리 현상이 아닌 '신체-환경-사회' 상호작용의 윤리적 회로임을 시사한다.

Recent meta-analyses in neuroaesthetics(2024–25) reveal that aesthetic experience arises from multi-resonant circuits spanning the prefrontal-visual cortex, reward systems, and attention networks — indicating that emotion is not a mere physiological process but an ethical circuit of body-environment-society interaction.

Ⅲ. 기술문명과 감정경제
Technological Civilization and the Affective Economy

현대 플랫폼 자본주의는 감정을 지표로 환원하고 인간의 반응과 피로를
잉여 가치로 전환한다.
2025년 비교사회경제 연구는 플랫폼이 노동뿐 아니라 감정 데이터까지
상품화함을 보여준다.
등작의 회화는 이러한 지표화와 상품화를 중단시키는 '느린 응시(slow
gaze)'의 장을 열어 감정의 시간이 다시 펼쳐지게 한다.

Platform capitalism converts emotion into measurable metrics, extracting
surplus not only from labor but from affective data.
Comparative studies(2025) reveal the commodification of both user
attention and emotion.
DUNGZAK CESTLAVIE's paintings suspend this process by opening a
field of slow gaze where the temporal depth of feeling may unfold.

우리를 위해 기도해 주세요 - Pray for Us

그의 화면에서 표면 입자는 신경의 축적으로 발화하고 빛의 간섭은 감정의 교류처럼 울린다.
기술문명이 단절시킨 감각의 리듬이 인간의 호흡으로 되돌아온다.

On his canvases, surface particles ignite through neural accumulation, and the interference of light reverberates like emotional exchange.
The rhythm of sensation severed by technology returns to the breath of humanity.

Ⅳ. 사회와 감각의 재구조화
Reconstruction of Social Sensation

피에르 부르디외는 미적 판단이 사회적 기억과 문화 자본의 교차에서 산출된다고 보았다.

감각은 개인의 취향이 아니라 함께 느끼는 능력의 언어다.

등작의 미학은 그 구조를 전복하여 감각의 평등성을 회복한다.

Pierre Bourdieu saw aesthetic judgment as produced at the intersection of social memory and cultural capital.

Sensation is the language of shared perception rather than private taste.

DUNGZAK CESTLAVIE's aesthetics subverts this structure, restoring equality to sensation.

한나 아렌트는 인간의 본질을 "새로움을 시작하는 능력(natality)"이라 했다.

등작의 회화는 이 능력을 감각의 언어로 확장하며, 인간이 다시 '느끼는 존재'로 거듭날 가능성을 드러낸다.

Hannah Arendt defined human essence as natality — the capacity to begin anew.

DUNGZAK CESTLAVIE's art extends this ability into the language of sensation, revealing the potential for humanity's rebirth as a feeling being.

줄리아 크리스테바는 감정의 언어를 '세미오틱(semiotic)'이라 불렀다.

그녀는 감정이 언어 이전의 리듬이며, 무의식의 생명적 파동이라 설명했다.

등작의 회화는 이 세미오틱 리듬을 빛의 파형과 물질의 변형 두께로 번역해 무의식의 언어를 의식의 미학으로 끌어올린다.

Julia Kristeva described the language of emotion as the semiotic — a pre-linguistic rhythm, a vital pulse from the unconscious.

DUNGZAK CESTLAVIE translates this rhythm into luminous waveforms and transformative thickness, elevating the language of the unconscious into the aesthetics of awareness.

V. 과학적 접속부 - 양자·신경·입자
Scientific Junctions - Quantum, Neural, Particle

양자유사 인지 연구는 질문 순서 효과와 반응 비가환성을 통해 감정 판단의 비선형성을 설명한다.

이는 의식이 곧 양자라는 단순 등치가 아니라, 인간 판단의 수학적 구조가 고전 확률을 넘어설 수 있음을 보여준다.

등작의 회화는 이러한 비선형성을 빛의 간섭과 표면 입자의 동역학으로 시각화한다.

Quantum-like cognition models nonlinearity in affective judgment through order effects and non-commuting observables, showing that human reasoning can exceed classical probability without equating consciousness with quantum states.

DUNGZAK CESTLAVIE's paintings visualize such nonlinearity through the interference of light and the dynamics of surface particles.

최근 신경미학 연구는 'aesthetic chills'이 보상 회로를 조정하며, 시각
예술과 음악의 쾌감 회로가 전전두엽, 복내측 전전두피질(vmPFC), 하전
두회(IFG)에서 공통적으로 활성됨을 보여준다.

이는 등작의 회화에서 경험되는 응시의 지연, 호흡의 재조율, 감각의 울
림이 '뇌-신체-세계'의 공명으로 나타남을 시사한다.

Recent neuroaesthetic studies show that aesthctic chills modulate reward
circuits and that art- and music-induced pleasures converge in FP, vmPFC,
and IFG, implying that the delayed gaze, retimed breath, and resonance in
DUNGZAK CESTLAVIE's works arise from synchronized oscillations
across brain, body, and world.

VI. 빛의 상흔

The Scars of Light

물리학자 데이비드 봄은 의식과 물질이 '내재적 질서(implicate order)'로 서로를 접어 넣는다고 보았다.

등작의 회화는 이 통합장을 시각화한다.

빛의 파동은 감정의 윤리적 리듬이며 색의 흔적은 존재의 잔향이다. 그의 회화는 세계와 인간의 간극을 메우는 감각의 다리이며, 상흔은 상처가 아니라 회복의 기록이다.

Physicist David Bohm viewed matter and consciousness as enfolded within an implicate order.

DUNGZAK CESTLAVIE's paintings render this unified field visible: waves of light become the ethical rhythm of emotion; traces of color persist as the echo of being. His art bridges the gap between humanity and the world — the scars of light are not wounds but records of restoration.

VII. 결론 - 인간의 회복과 감각의 윤리
Conclusion
- The Recovery of Humanity and the Ethics of Sensation

오늘날의 과학과 경제는 세계를 수치화하지만, 예술은 감각의 존엄을 지키는 마지막 언어다.

뇌과학가 강성종은 "신경윤리는 과학·철학·예술을 잇는 인간의 책임의 학문"이라 정의한다.

등작의 예술은 그 정의의 시각적 구현이다. 그의 회화는 감정의 신경 회로를 윤리의 파동으로 빈역하고, 표면 입자의 변형 두께로 감정의 밀도를 드러낸다.

예술은 문명의 상처를 감각의 빛으로 치유하고, 공동체가 다시 함께 느끼는 능력을 회복하게 한다.

Modern science and economy quantify the world, yet art remains the final language preserving the dignity of sensation.

Neuroscientist Dr. Kang Sung-Jong defines neuroethics as "a discipline of human responsibility bridging science, philosophy, and art."

The art of DUNGZAK CESTLAVIE embodies this definition — translating emotional circuitry into ethical waves and revealing the density of feeling through the transformative thickness of matter.

Art heals the wounds of civilization with the light of sensation and restores humanity's capacity to feel together.

예술 선언
Artist's Declaration

우리를 지배하는 모든 것에 반대하며,

수치화된 평화란 없다는 것을 인지하고,

예술이 인간의 내재된 습관과 사회 반응 체계를 재조정하여

스스로 생각하고 행동하는 규범이 우리를 향한 자유임을

잊지 않게 도움을 주는 수단이 되는 걸

마다하시 않기를 희망한다.

We stand in opposition to all that governs us,

recognizing that no peace can be quantified.

Art must not hesitate to serve as a means

through which humanity recalibrates its ingrained habits

and the reflexes of its social systems -

reminding us that the true norm of freedom

is the capacity to think and act for ourselves.

- Atiyeh, B., et al. (2025). A Narrative Scoping Review of Neuroaesthetics and the Brain. Journal of Aesthetic Neuroscience.

- Ametowobla, D., et al. (2025). Varieties of Platform Capitalism. Socio-Economic Review, 23(2), 899-920.

- Arendt, H. (1958). The Human Condition. University of Chicago Press.

- Bohm, D. (1980). Wholeness and the Implicate Order. Routledge.

- Bourdieu, P. (1984). Distinction. Harvard University Press.

- Damasio, A. (2021). Feeling & Knowing. Pantheon Books.

- Fuyama, M., et al. (2025). Quantum-like Cognition and Decision Making. arXiv:2503.00456.

- Görnitz, T. (2025). Quantum Information as the Scientific Basis for Consciousness. Journal of Quantum Cognition, 12(1).

- Han, B.-C. (2022). The Agony of Eros. Verso.

- Hui, Y. (2019). Recursivity and Contingency. Rowman & Littlefield.

- Jain, A., et al. (2024). Aesthetic Chills Modulate Reward Learning in Anhedonia. Journal of Affective Neuroscience, 15(3).

- Merleau-Ponty, M. (1945). Phénoménologie de la Perception. Gallimard.

- UNESCO. (2025). Global Report on Cultural Policies. UNESCO Publishing.

- Yoo, S.-H. (2023). Development of Korea Neuroethics Guidelines. Journal of Korean Medical Science, 38(38), e193.

- Kang, Sung-Jong (강성종). (2024). 빛과 감정의 신경윤리학 — Neuroethical Aesthetics of Light. 서울대학교 뇌인지과학연구소 연구보고서 No. 11. Institute for Cognitive Science, Seoul National University.

우리를 위해 기도해 주세요 - Pray for Us

08

빛의 입자 윤회와 물리적 충동에서의 영혼

DUNGZAK CESTLAVIE Aesthetic Report No. 8 · DCAR-08-2025

초록
Abstract

이 연구는 빛의 입자가 물리적 세계 속에서 어떻게 윤회하며, 그 순환 속에서 인간의 영혼이 물리적 충동과 어떠한 방식으로 맞닿는가를 탐구한다.

This study explores how particles of light reincarnate within the physical world and how the human soul encounters the impulses and forces of material existence.

등작의 회화는 이 미시적 사건을 시각화하며, 빛이 단순한 물리적 존재가 아니라 정신의 호흡으로 진동하는 파동임을 드러낸다.

The paintings of DUNGZAK CESTLAVIE visualize these microscopic events, revealing that light is not merely a physical entity but a vibration of spirit and breath.

빛은 입자로 태어나 파동으로 소멸한다.

Light is born as a particle and perishes as a wave.

그 두 극 사이에서 영혼은 물질의 질량을 입고, 다시 의식의 진동으로
흩어진다.

Between these two extremes, the soul assumes the weight of matter and
disperses again as the resonance of consciousness.

예술은 이 순환의 구조를 감각으로 번역하는 행위이며, 화면은 우주적
실험실이자 감정의 입자가 충돌하는 정신의 가속기가 된다.

Art translates this cosmic cycle into perception; the canvas becomes a
laboratory of the universe, a collider where particles of emotion converge
and transform.

I. 빛의 윤회와 물리적 존재
- 과학과 형이상학의 교차
The Reincarnation of Light and Physical Existence
— The Intersection of Science and Metaphysics

빛은 고전 물리학의 경계를 넘어 양자적 확률로 존재한다.

Light transcends the boundaries of classical physics and exists as quantum probability.

맥스웰의 전자기파 이론에서 빛은 에너지의 파동으로 공간을 채우며,

In Maxwell's electromagnetic theory, light fills space as waves of energy,

아인슈타인의 광양자 이론에서는 의식과 관찰의 행위에 따라 존재의 상태가 변한다.

while Einstein's photon theory reveals that its state changes according to the act of observation.

신경과학자 칼 프리스턴의 자유 에너지 원리는 인간의 뇌가 불확실성을 최소화하려는 엔트로피적 유기체임을 보여준다.

Karl Friston's Free Energy Principle shows that the human brain is an entropic organism striving to minimize uncertainty.

즉 인간의 감정과 지각은 물리적 빛의 질서 속에 놓여 있으며 예술은 그
불확실성을 감각으로 해석하는 생명적 모델링이다.
Human emotion and perception exist within the order of light, and art
becomes the biological modeling of that uncertainty.

등작의 회화는 이 물리적 진동을 감정의 언어로 번역한다.
The paintings of DUNGZAK CESTLAVIE translate physical vibration
into emotional language.

그의 색면은 플랑크 상수처럼 미세한 진동 단위를 가지며 하나의 붓질은
빛이 파동에서 의식으로 넘어가는 존재 변환의 순간을 구현한다.
Each field of color contains microscopic tremors akin to Planck's constant,
and every brushstroke embodies the moment when light crosses from wave
into consciousness.

II. 영혼과 충동 - 종교·정치·사회적 신경
Soul and Impulse
— Religious, Political, and Social Dimensions

영혼은 신학적 실체라기보다 사회적 감각의 근원이다.

The soul is less a theological substance than the foundation of social sensibility.

프로이트의 리비도 이론이 말하듯 인간의 충동은 생명적 에너지이자 사회적 통제의 대상이다.

As Freud's theory of libido suggests, human impulse is both the energy of life and an object of social regulation.

하이데거는 이를 존재의 불안이라 했고, 들뢰즈는 예술을 욕망의 기계라 보았다.

Heidegger called this the anxiety of being, while Deleuze saw art as a machine of desire.

정치적으로 빛은 권력의 은유였다.

Politically, light has often functioned as a metaphor of power.

푸코가 말했듯, 보이는 것은 통제의 장치가 된다.

As Foucault argued, visibility becomes an instrument of discipline.

그러나 등작의 예술에서 빛은 통제가 아니라 해방의 시선이다.
In the art of DUNGZAK CESTLAVIE, however, light becomes the gaze of
liberation rather than control.

그의 색은 사회의 억압 구조를 해체하며 감정의 자율성을 회복한다.
His colors dismantle structures of domination and restore the autonomy of
emotion.

Ⅲ. 생명과 의식 – 의학과 정신의 진화

Life and Consciousness
— The Evolution of Mind and Medicine

신경미학자 세미르 제키는 인간의 뇌가 예술을 통해 '진리의 순간'을 경험
한다고 말한다.
등작의 회화는 바로 그 신경적 진실의 장이다.
색의 진동은 시각 피질을 넘어 감정의 중추를 자극하며,
이는 인간이 예술을 '감각으로서의 기억'으로 체험하게 만든다.

또한 의학적으로 빛은 치료의 매개이다.
광선 요법과 색채 치료는 인간의 세포와 신경계를 빛의 주파수로 조율
한다.
등작의 회화는 이 과학적 현상을 예술의 차원으로 확장하여,
빛의 물리적 진동을 영혼의 윤리적 회복으로 전환한다.

IV. 경제와 문화 - 빛의 교환 가치

Economy and Culture — The Exchange Value of Light

데이비드 흄은 가치가 감정의 공감에서 비롯된다고 했다.

David Hume claimed that value arises from sympathy of feeling.

오늘날 자본주의에서 이미지는 가장 강력한 화폐이며, 빛은 그 화폐의 가장 순수한 단위이다.

In modern capitalism, the image has become the strongest currency, and light its purest unit.

등작의 예술은 빛을 소비하지 않고 존재로 전환한다.

The art of DUNGZAK CESTLAVIE does not consume light but transforms it into being.

이는 비자본적 가치 체계를 제안하는 미학적 실험이다.

It proposes a non-capitalist system of aesthetic value.

그의 작업은 기술 문명의 가속 속에서 감각의 복권을 요구한다.
His work demands the restoration of perception within accelerated technocivilization.

이는 한병철이 말한 피로 사회에 대한 예술적 응답이기도 하다.
It resonates with Byung-Chul Han's critique of the burnout society.

V. 결론 - 빛의 입자에서 영혼으로
Conclusion — From Particle to Soul

빛은 단순한 물리 현상이 아니라 존재가 스스로를 인식하는 가장 오래
된 언어이다.

Light is not merely a phenomenon but the oldest language through which
existence perceives itself.

입자는 파동이 되고, 파동은 의식이 되며, 의식은 영혼이 된다.

Particles become waves, waves become consciousness, and consciousness
becomes soul.

예술은 이 순환을 기록하는 우주적 기억 장치이다.

Art records this circulation as a cosmic archive of memory.

둥작의 회화는 그 기억을 캔버스 위에 새긴다.

The paintings of DUNGZAK CESTLAVIE inscribe that memory upon the
canvas.

그의 색은 의식의 거울이며, 그 표면은 빛이 인간을 다시 부르는 경계
다.

Each color becomes a mirror of awareness, a threshold where light calls
humanity again.

이 보고서는 예술과 과학, 종교와 사회가 만나는 21세기 미학의 새로운
윤리를 제안한다.

This report proposes a new aesthetic ethics of the twenty-first century
where art, science, religion, and society converge.

예술 선언
Artist's Declaration

빛의 입자는 인간의 동공 속에서 펼쳐지는 색채의 마찰을 지나 완전한 어둠을 또 하나의 순수한 광원으로 받아들인다.

The particles of light pass through the friction of color within the human pupil and embrace darkness as another form of pure illumination.

예술은 구분이 사라진 경계의 맨 앞에서 하나의 등불이 된다.

Art stands at the frontier where distinctions dissolve and becomes a single flame.

내면과 영혼을 서로에게 비추며 살아가는 것이 곧 기적의 연속임을 기억하게 한다.

It reminds us that living while reflecting soul upon soul is itself a continuous miracle.

예술은 인간이 어둠 속에서 다시 빛을 발견하는 행위이다.

Art is the act by which humanity discovers light within darkness again.

그 빛은 감각과 존재, 기억과 사랑을 통과하며, 결국 우리가 살아 있음을
증명한다.
That light passes through sensation, existence, memory, and love,
ultimately affirming that we are alive.

등작 燈酌 DUNGZAK CESTLAVIE

우리를 위해 기도해 주세요 - Pray for Us

참고 문헌

- 아인슈타인, 『상대성이론의 의미』, 프린스턴 대학교 출판부, 1955.

- 맥스웰, 『전기와 자기의 이론』, 1873.

- 칼 프리스턴, 〈자유 에너지 원리: 통합된 뇌 이론〉, 네이처 리뷰 신경과학, 2010.

- 세미르 제키, 『내면의 시각: 예술과 뇌에 대한 탐구』, 옥스퍼드 대학교 출판부, 1999.

- 하이데거, 『존재와 시간』, 1927.

- 들뢰즈 · 가타리, 『천의 고원』, 1980.

- 푸코, 『감시와 처벌』, 1975.

- 한병철, 『피로사회』, 스탠퍼드 대학교 출판부, 2015.

- 한스 요나스, 『생명의 현상』, 하퍼 앤 로우, 1966.

- 데이비드 흄, 『인성론』, 1739.

- 등작 DUNGZAK CESTLAVIE, 『빛, 기억, 존재에 대하여』 (DCAR-01-2025).

- 등작 DUNGZAK CESTLAVIE, 『존재의 회복』 (DCAR-03-2025).

- 등작 DUNGZAK CESTLAVIE, 『빛의 윤회』 (DCAR-07-2025).

09

해체 이후의 회화
: 존재 감응의 귀환

Aesthetic Report
- After Deconstruction: The Return of Affective Being

I. 서론
- 감각이 침묵된 시대에 예술은 무엇을 복원하는가?
Introduction
- What Must Art Restore When Sensation Falls Silent?

21세기 예술환경은 해체, 알고리즘, 속도, 소비, 이미지의 범람으로 요약
된다.

이미지는 넘쳐나지만 감각은 마모되고, 경험은 소모되며, 정서는 표면화
된다.

기억은 외부 서버에 위탁되고 정동은 자극 속에서 소진되며,

내면성은 알고리즘 예측으로 대체된다.

The artistic condition of the 21st century is marked by
deconstruction, algorithmic governance, acceleration, consumption, and
image glut.

Images proliferate as sensation erodes; experience thins; emotion flattens.

Memory is outsourced; affect is burned inside stimulation; interiority
collapses under predictive computation.

감각의 식민화 — 정서의 추출경제
Colonization of Sensation — Affective Extraction

주의경제는 감각을 데이터로, 정서를 클릭율로 계량화한다.

과잉 자극은 주의·정서 회로를 고갈시키며, 뇌는 깊이 대신 속응을 학습한다.

The attention economy converts sensation into metrics; it measures feeling as engagement.

Overstimulation exhausts neural affect-systems; the brain learns reaction over depth.

우리는 더 많이 보지만, 덜 느끼고, 거의 기억하지 않는다.

We see more, feel less, remember little.

그러나 인간은 먼저 감응하고 그 뒤에 이해한다.

Yet humans feel first, then know.

다마지오가 말하듯 감정은 사고의 조건이다.

As Antonio Damasio states, emotion is the precondition of thought.

예술은 감각을 되살리고, 기억을 재점화하며, 존재 감응을 복권해야 한다.

Art must restore sensation, reignite memory, and return presence to feeling.

II-a. 시대 확장 — 후기 자본과 AI 감응정치
Contemporary Expansion
— Late Capitalism & Affective Autonomy

1. 감정의 시장화

후기 자본주의는 상품이 아니라 정서를 거래한다.
브랜드 감성·팬덤·팔로워 경제는 감정을 자본으로 전환한다.
Late capitalism trades not goods but emotion.
Brand atmosphere, fandom economies, follower capital turn affect into asset.

예술은 소비 대상이 아니라 정서적 해방 장치다.
Art is not commodity but a device of affective emancipation.

2. 자동화된 지각

기계가 먼저 보고 인간이 뒤따르는 시대,
지각은 사유가 아니라 전처리다.
In an age where machines pre-see and humans post-confirm,
perception becomes preprocessing rather than contemplation.

예술은 자동화된 시선을 되감고 감응의 주권을 복원한다.
Art rewinds automated vision and restores sensory sovereignty.

3. AI 시대의 감정 권리

AI는 이미지를 학습하지만 전율을 갖지 않는다.
기계는 예측하고 인간은 떨린다.
AI learns images but never shivers.
The machine predicts; the human trembles.

예술은 프리-인지적 떨림의 마지막 영토다.
Art is the final territory of pre-cognitive tremor.

4. 정치 감응성

민주주의는 정서 없이 유지되지 않는다.
무감각은 지배의 기술이고, 감응은 저항의 기술이다.
Democracy cannot persist without emotion.
Numbness is a technology of rule; affect is a technique of resistance.

II-b. 선언
declaration

예술은 감정의 낭비가 아니라

존재를 살리고 영혼에 떨림을 불어넣는 감응-기술이다.

Art is not ornament but a technology that revives being
and breathes trembling into the soul.

III. 네 거장과의 비평적 계보
— 해체 이후의 길
Critical Lineage with Four Masters
— Beyond Deconstruction

1. 바실리 칸딘스키(Wassily Kandinsky, 1866~1944)

영혼의 음악 → 빛-정서의 신경적 진동

From spiritual musicality → neuro-affective light tremor

칸딘스키는 색을 영적 공명으로 보았으나 진동은 형이상학에 머물렀다.

등작은 이 진동을 '신경-정서 점화' 회로로 재배치 한다. 그곳은 빛이 감정으로 전환되는 임계의 순간이다.

Kandinsky sought resonance in spirit;
DUNGZAK installs resonance in 'neural-affective ignition' the threshold where light trembles into feeling.

Timeline: 1911 Der Blaue Reiter·1912 Über das Geistige·1926 Point and Line to Plane

2. 파블로 피카소(Pablo Picasso, 1881~1973)

지각 해체 → 감각의 재건

From perceptual rupture → sensory reconstruction

피카소는 시점을 파괴했고, 문화는 냉소에 정착했다.

등작은 파편을 감응의 비계로 삼아 세계를 재-감각화한다.

Picasso shattered perspective; culture settled into cynicism.

DUNGZAK turns shards into scaffolds for renewed sensation.

Timeline: 1907 Demoiselles·Analytical Cubism · 1937 Guernica·Ref.
T.J. Clark(2013)

3. 마크 로스코(Mark Rothko, 1903~1970)

정적 숭고 → 시간·호흡·맥박의 정서
From still sublime → temporal, breathing emotion

로스코는 침묵의 성소를 만들었다.
등작은 침묵에 시간·호흡·파동을 부여한다.
색은 기도하는 빛이다.
Rothko made sanctuaries of stillness.
DUNGZAK gives pulse, breath, and wave.
Color becomes a breathing prayer.

Timeline: 1949–52 Chromatic Fields · 1964 Rothko Chapel

4. 게르하르트 리히터(Gerhard Richter, 1932~)

이미지 회의 → 감정 실재의 재건
From image skepticism → affective real

리히터는 이미지-진실을 해체했다.
등작은 그 폐허 위에 감정 실재를 세운다.
이미지는 속이지만 감응은 속지 않는다.
Richter dismantled truth-image.
DUNGZAK erects affective reality atop ruins.
Images deceive; affect does not.

Timeline: 1962 Blur · 1972 48 Portraits · 1988 October 18 1977

IV. 회화의 네 원리
Four Principles

빛 = 감정의 발화

Light = affect-speech

기억 = 운동성

Memory = kinetic life

정서 = 존재 주권

Emotion = ontic sovereignty

추상/형상 = 감응의 호흡

Abstraction/Form = breath of being

V. 결론 - 귀환의 회화
Conclusion - Painting as Return

예술은 존재가 다시 느껴지는 장치다.

빛은 귀환하고, 존재는 깨어난다.

감응은 인간의 마지막 자유다.

Art is the engine by which being feels again.

Light returns; presence awakens.

Affect is the last human freedom.

주석
Extended Scholarly Notes

1. 신경철학·인지과학 / Neurophilosophy & Cognitive Science

감정은 사고를 방해하는 것이 아니라 사고를 가능케 하는 선행 조건이며, 신체 표지(somatic markers)는 판단과 선택을 안내한다.

Emotion precedes and enables thought; somatic markers guide judgment and decision-making.

핵심 근거: 정서-신체 피드백이 인지적 선택을 조정 → '감응이 인식에 선행'의 실증적 기반.

Key Support: Affective–bodily feedback modulates reasoning → empirical basis for 'affect precedes cognition'.

조지프 르두(Joseph LeDoux), The Emotional Brain (1996)

편도체 기반의 정서 회로와 해마 기반 기억의 결속을 해명.
Maps amygdala-centered affect circuits and hippocampal memory binding.

핵심 근거: 정서 신호가 기억 공고화를 강화 → '기억의 운동성'을 지지.
Key Support: Affective tagging strengthens memory consolidation → supports 'kinetic memory'.

야크 팽크셉(Jaak Panksepp), Affective Neuroscience(1998)

탐구(SEEKING) 회로 등 원초 정동 시스템 제시 - 예술 몰입의 신경 기반.
Defines primary affect systems(e.g., SEEKING) as neural basis of creative immersion.

핵심 근거: 예술적 주의는 원초 정동 활성과 연동.
Key Support: Artistic focus aligns with primary affect activation.

시각 처리 모듈성과 미적 경험의 신경 상관 규명.

Demonstrates modular visual cortex and neural correlates of aesthetic perception.

핵심 근거: 색·형·파동 분산 처리 → '빛=감정 발화'의 신경적 토대.

Key Support: Distributed processing of color/form → basis for 'light as affect-speech'.

주의의 경보-지향-집행 체계 정립.

Defines alerting–orienting–executive attention systems.

핵심 근거: 과잉 자극이 깊이 대신 표면주의를 만든다.

Key Support: Overstimulation causes depth loss and surface attention → 'see more, feel less'.

존 R. 앤더슨(John R. Anderson), Cognitive Psychology and Its Implications
(2014 ed.)

작업 기억 한계와 주의 분산 비용 제시.
Formalizes working memory limits; cost of divided attention.

핵심 근거: 이미지 범람 시대의 인지적 피로 설명.
Key Support: Cognitive exhaustion explains emotional thinning under image glut.

2. 기술·사회·정치경제 / Technology, Society & Political Economy

행동 잉여추출, 정동을 예측자본으로 전환.
Behavioral surplus extraction; affect monetized as predictive asset.

핵심 근거: 감응을 자원화하는 '정서 추출경제'.
Key Support: Affective data extraction → 'extraction economy of feeling'.

자기 착취와 감정 소진.
Self-exploitation and affective depletion.

핵심 근거: 피로는 감응을 둔화시키는 지배 기술.
Key Support: Fatigue as technology of affective dulling.

베르나르 스티글레르(Bernard Stiegler), La technique et le temps I-III
(1994~2001)

기억의 외주화(3차 보존)가 주체성 재구조화.

Tertiary retention externalizes memory; reorganizes subjectivity.

핵심 근거: 기억 기술화가 내면성을 침식.

Key Support: Technicized memory erodes interiority.

프랑코 "비포" 베라르디(Franco "Bifo" Berardi), The Uprising (2012)

정보 과잉 → 감각 둔화·공감 붕괴.

Info overload → affective numbness, empathy collapse.

핵심 근거: 과잉 자극은 정서적 무감각을 생산.

Key Support: Overstimulation induces affective shutdown.

테크노 다양성·대안 인식틀 제안.

Technodiversity; alternative epistemologies.

핵심 근거: 자동 지각 환경에 균열.

Key Support: Opens cracks in automated perception.

3. 예술 이론·거장 계보 / Art Theory & Master Lineage

할 포스터(Hal Foster), The Return of the Real(1996)

포스트 개념 이후 현실·트라우마 재귀적 귀환.
Return of real/trauma after post-conceptual art.

핵심 근거: 해체 이후 감응 현실로의 귀환.
Key Support: From skepticism to affective real.

로잘린드 크라우스(Rosalind Krauss), "Grids," October 9(1979)

격자의 기호학·현대 추상 논리 분석.
Semiotics of grids; structure of abstraction.

핵심 근거: 추상=형상 호흡 구조 해석의 근거.
Key Support: Grid informs 'breath between abstraction/form'.

색의 영적 공명과 내적 필연성.

Spiritual resonance, inner necessity.

핵심 근거: 영적 진동 → 신경적 진동 전환 축.

Key Support: Metaphysical vibration → neuro-affective resonance.

시점 해체 후 진실 재배열.

Reordering truth after fractured perspective.

핵심 근거: 파편 → 감응 비계.

Key Support: Shards → scaffolds for sensation.

마크 로스코(Mark Rothko) - Rothko Chapel Publications/Archives(c. 2015)

정적 숭고, 색면의 명상성.
Still sublime: meditative chromatic fields.

핵심 근거: 정서를 시간·호흡·맥박으로 운용.
Key Support: Color as pulse, breath, duration.

게르하르트 리히터(Gerhard Richter) - 벤저민 H.D. 부흐로(Benjamin H.D. Buchloh), 'Figures of Authority, Ciphers of Regression'(October, 1981); essays c. 1989

이미지-진실 해체, 회의의 미학.
Image-truth dismantling; aesthetic skepticism.

핵심 근거: 이미지 불신 → 감응 실재 복권.
Key Support: From image doubt → affective real.

4. 용어 해설 / Glossary of Key Terms

감응(Affect) — 인지 이전의 느껴지는 힘
Pre-cognitive force of felt relation

감응 주권(Sensory Sovereignty) - 감각의 자기결정권
Self-determination of perception

기억의 운동성(Kinetic Memory) - 되살아남·떨림·파동
Memory as revival, tremor, wave

빛=감정 발화(Light as Affect-Speech) - 빛은 정서 사건
Light as emotional event

추상/형상 호흡(Breath of Abstraction-Form) - 도래와 출현의 왕복
Reciprocity of becoming and appearing

5. 본문 교차 참조 / Cross-References

서론 → 다마지오, 제키
Intro → Damasio, Zeki

자본·기술 → 주보프, 한, 스티글레르, 베라르디, 후이
Capital/Tech → Zuboff, Han, Stiegler, Berardi, Hui

계보 → 칸딘스기·피카소·루스코·리히터
Lineage → Kandinsky, Picasso, Rothko, Richter

원리 → 제키·팽크셉·르두
Principles → Zeki, Panksepp, LeDoux

참고 문헌 / Bibliography(KR/EN Mixed)

- Antonio Damasio. Descartes' Error. 1994.

- Joseph LeDoux. The Emotional Brain. 1996.

- Jaak Panksepp. Affective Neuroscience. 1998.

- Semir Zeki. Inner Vision. 1999.

- Michael I. Posner & Steven E. Petersen. "The Attention System of the Human Brain." 1990.

- John R. Anderson. Cognitive Psychology and Its Implications. 2014 ed.

- Shoshana Zuboff. The Age of Surveillance Capitalism. 2019.

- Byung-Chul Han. The Burnout Society. 2010.

- Bernard Stiegler. La technique et le temps I-III. 1994-2001.

- Franco "Bifo" Berardi. The Uprising. 2012.

- Yuk Hui. Recursivity and Contingency. 2019.

- Hal Foster. The Return of the Real. 1996.

- Rosalind Krauss. "Grids," October 9 (1979).

- Wassily Kandinsky. Über das Geistige in der Kunst (1912); Point and Line to Plane (1926).

- T.J. Clark. Picasso and Truth. 2013.

- Rothko Chapel. Publications/Archives (c. 2015).

- Benjamin H.D. Buchloh. "Figures of Authority, Ciphers of Regression." October (1981); essays (c. 1989) on Richter.

우리를 위해 기도해 주세요 - Pray for Us

10

빛·기억·정서의 감응 구조

A luminous-affective architecture of light, memory, and emotion

핵심 개념: 존재 감응 / 정서 주권 / 기억 운동성 / 빛의 내면 발화
Key Concepts: affective ontology / sovereignty of emotion / kinetic memory / luminous interiority

등작 燈酌 DUNGZAK CESTLAVIE
DCAR-10 — 감응의 파동장: 다층적 존재의 형성학
Aesthetic Report No.10 — Wavefields of Affect: A Multilayered Formation of Being

I. 서론
― 격변의 시대,
회화는 어떻게 감응의 파동장을 구성하는가?
Introduction
- Painting as an Affective Wavefield in a Time of Turmoil?

2020년대의 정동 환경은 전쟁, 기아, 붕괴, 플랫폼 자본주의의 압력, 디지털 초과 자극에 의해 깊게 흔들린다. 감각은 마모되고, 기억은 외부 장치에 위탁되며, 정서는 얇고 불안정한 표면 위에서 파편화된다.

The affective atmosphere of the 2020s is shaped by war, famine, collapse, platform capitalism, and digital overstimulation. Sensation erodes; memory migrates outward; emotion fractures across unstable surfaces.

이 시대에 예술은 더 이상 형상을 재현하는 기술이 아니라, 감각·정서·의미가 서로 다른 속도와 방향으로 진동하며 중첩되는 감응의 파동장(affective wavefield)을 구축하는 행위가 된다.

Art today is not the reproduction of form but the construction of an affective wavefield in which sensation, emotion, and meaning vibrate at different speeds and overlap as layered waves.

신경미학은 이러한 구조를 '감각-정서-의미'의 삼각 구조(aesthetic triad)로 설명하며, 정동은 하나의 선이 아니라 파동적 층위(wave-layer)로 중첩된 디고 본다.

Neuroaesthetics frames this as an aesthetic triad—sensation, emotion, meaning—showing that affect arises as layered wave strata rather than linear flow.

본 보고서 DCAR-10은 회화를 다층적 파동의 존재론, 즉 정서·파동·존재가 서로를 구성하며 나타나는 장으로 재정의한다.

DCAR-10 redefines contemporary painting as an ontology of multilayered waves—a field where emotion, vibration, and being co-constitute one another.

II. 감응의 층위 구조
- 깊이·방향·밀도의 삼중 체계
Layered Affective Structure
- A Triple System of Depth, Direction, and Density

현대 정동은 단일한 선이나 표면이 아니라, 서로 다른 속도·밀도·깊이를 가진 파동층들이 관계적으로 구성한 복합 구조다. 등작의 회화는 이러한 층위를 하나의 화면 안에서 드러낸다.

Contemporary affect is not a single plane but a relational architecture of wave layers. The painting of DUNGZAK CESTLAVIE makes these layers visible within a unified field.

1. 기저 파동층(Primary Wave Layer)

깊은 기억과 연결된 가장 느린 진동이 정서의 온도를 결정한다.

The slowest vibration linked to deep memory, setting the field's emotional temperature.

2. 혼란의 교차층(Cross-Disruptive Layer)

빠른 선·파동이 교차하며 불안·파편화·예측 불가능성을 발생시킨다.

Rapid intersecting lines create anxiety, fragmentation, and unpredictability.

3. 응축된 정서 핵(Affective Core Layer)

정서가 고밀도로 모여 파동장의 중력을 형성하는 중심 영역.

Dense nucleus where affect condenses and generates gravitational force.

4. 상부 떨림층(Upper Tremor Layer)

가장 얇고 빠른 떨림이 감정의 현재성(presentness)을 만든다.

Thin rapid oscillations produce the immediacy of lived affect.

5. 존재의 축(Axis of Presence)

수직적 흐름으로 존재의 프레임을 세우는 정동의 기둥.

Vertical channel through which affect acquires duration and presence.

III. 위치의 논리 - 감응은 어디에서 발생하는가?
Positional Logic - Where Does Affect Emerge?

감정은 단일한 점이 아니라 위치·관계의 차이에서 다르게 발화된다.

Emotion emerges from positional differences rather than single origins.

1. 중심(Core Position)

정서 에너지가 가장 고밀도로 응축되는 지점.

The densest concentration of affective energy.

2. 주변(Periphery Position)

정서가 분산되거나 회복되는 경계층.

Boundary where affect disperses or is reabsorbed.

3. 축(Axis Position)

정동이 수직적으로 상승하며 시간성을 획득하는 위치.

Vertical channel through which affect acquires duration.

4. 파동 경로(Affective Trajectories)

정서는 확산-수축의 파동 운동을 반복한다.

Affect moves through trajectories of expansion and contraction.

IV. 층위 간 관계 - 존재는 관계의 형식이다
Interlayer Relations - Being Appears as Relational Form

존재는 고립된 실체가 아니라, 파동층들 사이의 관계에서 출현한다.
Being emerges through relations between wave layers.

1. 기저층-교차층
느린 파동과 빠른 파동의 충돌은 현대 정동의 불균형을 설명한다.
Slow–rapid collisions explain affective tension.

2. 교차층-응축 핵
혼란 속에서도 응축점은 붕괴하지 않고 재조직된다.
The core reorganizes even amid turbulence.

3. 응축 핵-존재 축
정동의 상승이 존재의 깊이를 확립한다.
Affective ascent establishes depth.

4. 상부 떨림-전체 장
미세한 떨림이 전체 파동장의 생동을 결정한다.
Upper tremors condition overall vitality.

V. 결론 - 파동으로 존재를 다시 세우기
Conclusion - Rebuilding Being Through Waves

감응은 단일 정서가 아니라 층위 간 파동의 관계적 운동이다.
Affect is the relational movement of layered waves.

회화는 파편화된 정서를 다시 다층적 파동장으로 재편한다.
Painting reassembles fragmented affect into multilayered form.

존재는 파동이며, 파동은 감응이며, 감응은 관계 속에서만 나타난다.
Being is wave; wave is affect; affect appears only through relation.

VI. 신경정신학적 관점
- 정신병리와 예술적 치유의 파동장
Neuropsychiatric Perspective
- Psychopathology and the Affective Wavefield of Healing

정신병리는 정서·주의·기억 네트워크의 리듬 불일치로 인해 발생하는 파동 장애다. 우울·불안·외상·정신증·조증과 조울증은 정동의 진폭과 주기를 왜곡하거나 특정 층위를 과도하게 증폭·소거한다.

Psychopathology arises from rhythm disruptions in emotion, attention, and memory networks, distorting amplitude, periodicity, or silencing layers.

신경정신학은 이를 전두엽-변연계 회로, DMN(default mode network), 전두-두정 제어 회로의 연결성 변화로 설명한다.

Neuropsychiatry links these states to altered connectivity in prefrontal–limbic circuits, the DMN, and fronto-parietal networks.

예술은 보상·자기 참조·심상·내적 서사 네트워크를 동시 자극하며 정동 파동을 재동기화한다.

Art stimulates reward, self-reference, imagery, and narrative networks, resynchronizing affective waves.

등작의 회화는 내면의 병리적 파동을 색·선·층위로 외재화하여 새로운 리듬을 부여한다.

The painting of DUNGZAK CESTLAVIE externalizes pathological waves into color, line, and layer, granting them new rhythm.

1. 외상 - 감각·기억의 분리 → 파동장의 재통합

   Trauma dissociates sensation–memory; painting reunifies them.

2. 정신증 - 과잉 현저성 → 파동 패턴화

   Psychotic salience becomes reorganized into patterned waves.

3. 조증·조울증 - 폭발적 진동 → 구조화된 파동

   Manic oscillations shift from destructive force to structured rhythm.

4. 예술적 치유 - 외재화 → 재조율 → 재통합 → 존재 감응 회복

   Artistic healing visualizes externalization, retuning, reintegration, and recovery of affective presence.

이 논의는 특정 개인에 대한 진단·치료 지침이 아니라, 정신병리와 예술을 연결해 감응의 파동장을 이론적으로 설명하기 위한 시도다. 실제 치료·약물·안전과 관련된 모든 결정은 언제나 개별적인 의료·정신건강 전문가와 함께 이루어져야 한다.

These reflections do not constitute diagnosis or treatment guidance for any individual; they are an attempt to theorize the affective wavefield between psychopathology and art. All concrete decisions about treatment, medication, and safety must always be made with qualified medical and mental health professionals.

VII. 등작의 회화 실천
- 이론을 생성하는 원천적 파동장
DUNGZAK CESTLAVIE's Practice
- The Originary Wavefield that Generates Theory

등작의 회화는 이론의 사례가 아니라, 이론을 발생시키는 원천이다.

이 보고서에 등장하는 '파동층, 응축 핵, 존재 축, 파동 재동기화'라는 개념은 우선 철학 텍스트가 아니라, 등작의 화면에서 먼저 발견된 구조를 언어화한 것이다. 회화가 있고, 그 뒤에 이론이 온다.

In this sense, the work of DUNGZAK CESTLAVIE is not an illustration of theory but the origin of theory itself. Concepts such as wave-layers, affective core, axis of presence, and resynchronization emerged first from the canvas and only then from philosophical language. Painting precedes theory.

1. 재현을 넘어 - 이미지보다 먼저 오는 감응
Beyond representation - affect prior to image

등작의 화면은 특정 장면을 재현하기보다는, 장면이 남긴 정동의 파동을 다룬다.

색이 먼저 출현하고, 선이 먼저 움직이며, 층위가 민지 긴장을 형성한다. 이 구조에서 우리는 '무엇을 그렸는가?'보다 '어떤 감응 구조를 세웠는가?'를 먼저 묻게 된다.

The canvas does not simply depict scenes; it handles the waves of affect that remain after scenes have passed. Color appears first, line moves first, and layering generates tension before iconography. The question shifts from 'What is depicted?' to 'What kind of affective structure is erected?'

2. 파동의 회화적 방식 - 색, 속도, 방향성
Pictorial modes of the wave - color, speed, direction

등작의 회화에서 파동은 세 가지 요소를 통해 구현된다.

색채는 깊이와 온도, 선은 속도와 궤적, 층위는 압력과 밀도를 담당
한다.

In DUNGZAK's work, waves are realized through color, line, and
layering.

Color carries depth and temperature, line carries speed and trajectory,
and layering carries pressure and density.

이 삼중 구조는 신경미학적 의미에서 정동이 어떻게 '몸에 각인되는가'
를 보여주는 시각적 모델이다. 파동층 개념은 바로 이 회화적 실험을
분석하기 위해 마련된 이론적 도구다.

This triple structure operates as a visual model of how affect imprints
itself on the body in neuroaesthetic terms. The notion of wave-layers
becomes a tool for analyzing this pictorial experiment.

3. 응축 핵 - 정서의 밀도 구조

Affective core - density structure of emotion

등작의 화면에는 폭발 직전처럼 보이는 한 지점, 혹은 좁게 모여드는 색과 선의 중심이 자주 등장한다. 이 지점은 단지 화면 구성상 중심이 아니라, '정서의 밀도'를 형성하는 구조다.

On many canvases there is a site that seems on the verge of explosion, a constrained center where color and line converge. This is not merely compositional centering but a structural manifestation of emotional density.

본 보고서에서 말하는 응축 핵은 이 회화적 경험에서 직접 도출된 개념이다. 화면에서 정서는 한 점에 모였다가 다시 전체로 흘러나가며, 존재의 파동을 다시 구성한다.

The affective core, as theorized here, is derived directly from such pictorial experiences: emotion gathers into a dense center and then flows back outward, reorganizing the wave of being.

4. 존재의 축 - 감응이 서는 순간

Axis of presence - when affect stands

등작의 회화에는 수평 파동 사이를 가르며 서 있는 수직적 힘, 곧 '존재의 축'이 등장한다. 이는 어떤 형상의 뼈대라기보다, 감응이 단순한 흔들림에서 서 있는 존재로 이행하는 순간을 가시화한다.

Amid horizontal waves we often see a vertical force—a pillar that cuts through agitation. This axis is less a skeleton of form than the very moment when affect shifts from mere trembling to standing presence.

이 축이 세워지는 순간, 회화는 혼란의 기록을 넘어서 존재의 재구성을 수행한다. 따라서 이론은 등작의 화면을 해석하는 데서 그치지 않고, 그 화면에서 출현한 존재론적 구조를 언어로 뒤따라가는 작업이 된다.

When this axis appears, painting moves beyond recording chaos to reconstructing presence. Theory does not merely interpret those canvases; it follows the ontological structures that emerge from them.

VIII. 미학·철학·신경미학 기반
- 등작의 예술이 확장하는 이론들
Aesthetic, Philosophical, and Neuroaesthetic Grounding - Theories Expanded by DUNGZAK's Art

등작의 예술은 여러 학문을 참조하지만, 단순히 이론을 '적용'하는 것이 아니라, 그것들을 감응의 파동장이라는 관점에서 다시 배열·변형한다.

While drawing on multiple disciplines, the art of DUNGZAK CESTLAVIE does not merely apply theory; it rearranges and transforms it through the lens of the affective wavefield.

1. 신경미학의 구체화 - 삼각 구조에서 파동 구조로
From aesthetic triad to wavefield

신경미학은 감각-정서-의미의 통합을 논한다. 등작의 회화는 이를 다음과 같이 재구성한다.

Neuroaesthetics describes an integration of sensation, affect, and meaning. DUNGZAK's practice concretizes this by mapping:

감각 = 기저 파동층

정서 = 교차층·응축 핵

의미 = 존재의 축과 파동 경로

Sensation = primary wave-layer

Emotion = cross-disruptive layer and affective core

Meaning = axis of presence and affective trajectories

이렇게 볼 때 신경미학은 더 이상 추상적 도식이 아니라, 등작의 화면에서 관찰 가능한 파동 장치로 변한다.

In this framing, neuroaesthetics ceases to be abstract schema and becomes a set of observable wave-machines on the canvas.

2. 존재론적 회화론의 심화
Deepening ontologies of painting

현대 철학에서 회화는 종종 '세계를 드러내는 장'으로 논의되어 왔다.
둥작의 회화는 여기서 한 걸음 더 나아가, 세계의 감응 리듬을 다시
설정하는 장으로 작동한다.

Modern philosophy often speaks of painting as a site where the world
is disclosed. DUNGZAK's work goes further, acting as a site where the
rhythms of the world's affect are reset.

존재는 이미 주어진 실체가 아니라, 파동층의 재구조화 과정에서 끊
임없이 다시 생겨난다. 이때 회화는 존재를 서술하는 언어가 아니라,
존재를 다시 진동시키는 장치가 된다.

Being is not a given substance but something that continually re-emerges
within the restructuring of wave-layers. Painting becomes not the language
that describes being, but the device that makes being vibrate again.

3. 기술문명과 정동 이론의 재배열
Reordering affect theory under technoculture

한병철, 스티글러, 주보프, 베라르디, 유크 후이 등의 작업은 기술·플
랫폼 자본주의·정보 과잉이 정동을 어떻게 소진시키는지를 보여준다.
등작의 회화는 이 진단을 넘어, 붕괴된 정동을 다층적 파동장으로 재
구성하는 미학적 대응을 제시한다.
Theories by Han, Stiegler, Zuboff, Berardi, and Hui diagnose how
technoculture exhausts affect. DUNGZAK's painting does not stop at
diagnosis; it offers an aesthetic response that reassembles collapsed
affect into stratified wavefields.

즉 이론이 현실의 손실을 말한다면, 등작의 회화는 그 손실 이후 어
떻게 감응을 다시 세울 수 있는지를 보여준다.
Where theory names the loss of affect, these canvases show how feeling
may be re-established after that loss.

IX. 둥작 회화의 장기적 의의
- 감응 미학의 새로운 지평
IX. Long-Term Significance
- A New Horizon for the Aesthetics of Affect

둥작의 예술이 여는 문장은 다음과 같이 요약될 수 있다.

The long-term significance of DUNGZAK CESTLAVIE's work can be condensed into several propositions:

1. 정서는 형태가 아니라 파동이다.

   Affect is not form but wave.

2. 존재는 실체가 아니라 층위 간 관계이다.

   Being is not substance but relation between layers.

3. 예술은 감정을 재현하는 것이 아니라 재진동시키는 구조다.

   Art is not the depiction of emotion but the structure that re-vibrates it.

4. 회화는 세계의 감응 리듬을 다시 세우는 장치다.

   Painting is a device that re-establishes the world's affective rhythms.

5. 병리적 파동은 숨겨야 할 것이 아니라, 새로운 리듬으로 전환될 수 있는 에너지다.

   Pathological waves are not to be concealed but can be transformed into new rhythms.

등작의 회화는 이 다섯 문장을 이미지와 파동, 색과 층위의 언어로 고집스럽게 되풀이한다. DCAR-10은 이 회화적 반복을 이론의 언어로 번역한 하나의 버전일 뿐이며, 그 원본은 언제나 화면 위에서 계속 변화하는 감응의 파동장 자체에 있다.

The work of DUNGZAK CESTLAVIE tirelessly repeats these claims in the language of image, wave, color, and layer. DCAR-10 is only one theoretical translation of that repetition; the true original is the ever-changing wavefield of affect that lives on the canvas.

우리를 위해 기도해 주세요 - Pray for Us

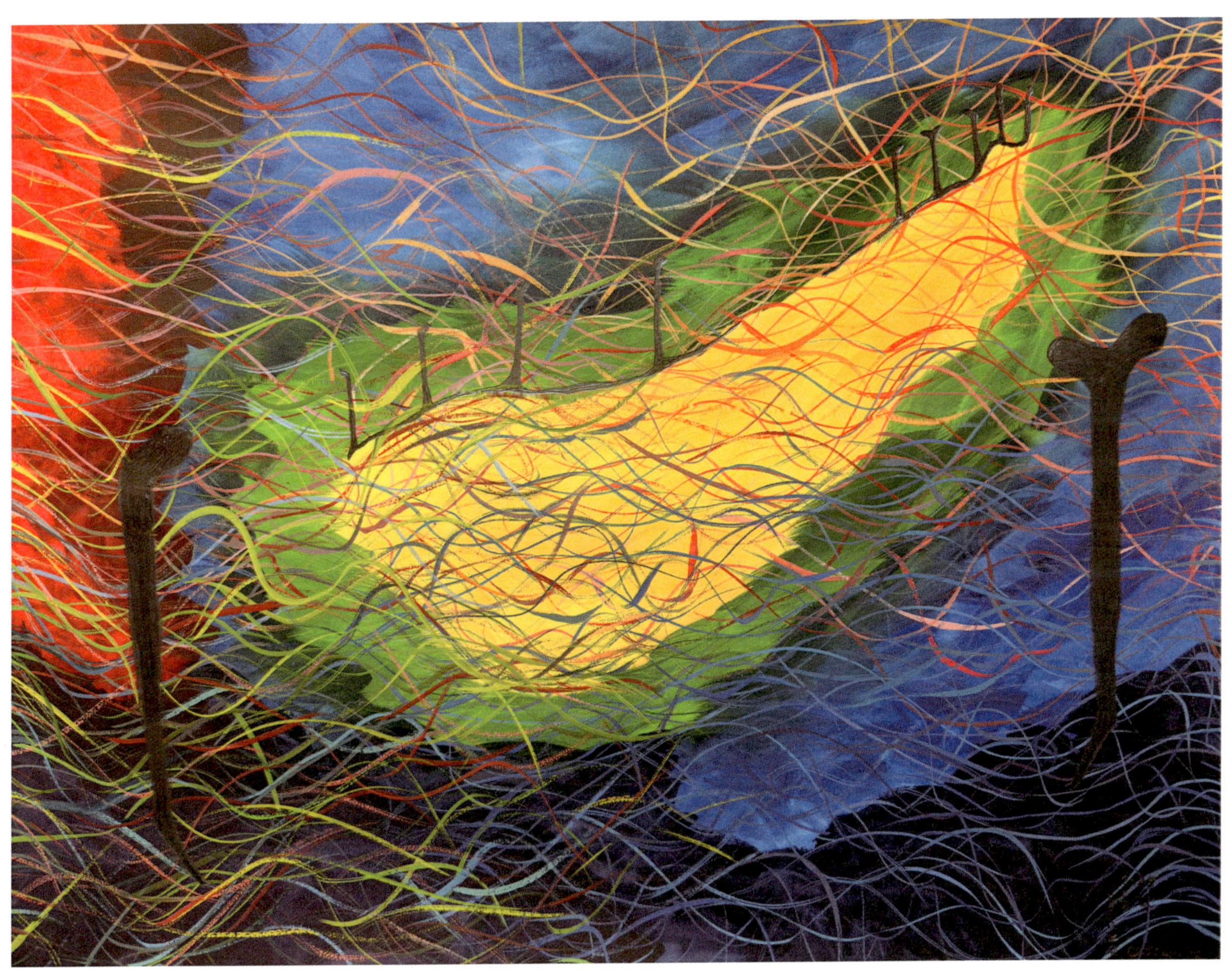

X. 용어 해설
Glossary

감응 : 인지 이전의 느껴지는 힘.

개별 감정에 앞서, 세계와 나 사이에서 먼저 발생하는 관계적 떨림.

Affect : Pre-cognitive felt force; the relational tremor that arises before individuated emotion or articulated thought.

감응 주권 : 감각의 자기 결정.

어떤 것을 어떻게 느낄 것인가에 대한 주체의 권리와 능력.

Sensory Sovereignty : The right and capacity of the subject to determine how and to what it will respond; self-determination of perception.

기억의 운동성 : 되살아남·떨림·재등장.

기억이 고정된 기록이 아니라, 반복적으로 다시 떠오르고 몸과 정서를 통해 재구성되는 파동적 성격.

Kinetic Memory : The revival, tremor, and reappearance of memory as a dynamic, wave-like process rather than a fixed archive.

파동층 : 속도·깊이·밀도가 다른 정동 층위.

하나의 마음 안에서 서로 다른 속도로 움직이며, 서로 다른 시간 길이를 가진 정동의 레벨들.

Wave-Layer : A stratum of affect with distinct speed, depth, and density; multiple layers coexist and interfere within a single subject.

응축 핵 : 가장 밀집된 정동 중심.

정서가 가장 강하게 모여드는 지점으로, 존재 경험의 중력장이 형성되는 자리.

Affective Core : The densest center of feeling, where affect condenses into a gravitational node of experience.

존재 축 : 정동이 수직으로 흐르는 존재의 기둥.

수평적 파동 속에서 존재가 '선다'는 감각을 만들어 내는 수직적 구조.

Axis of Presence : The vertical pillar through which affect acquires duration and stands as presence amid horizontal waves.

파동 재동기화 : 병리적 파동의 리듬 회복.

비동기적이고 파괴적인 정동의 진동이 예술적·치유적 과정 속에서 새로운 리듬과 구조를 얻는 운동.

Resynchronization of Affective Waves : The process by which desynchronized, pathological oscillations are retuned into livable, structured rhythms.

XI. 주석
Extended Scholarly Notes

Damasio : Somatic markers and affective grounding of cognition

LeDoux : Affective–memory consolidation

Panksepp : Primary affect systems and immersion

Zeki : Modularity of color/form and wave processing

Posner–Petersen : Attention fatigue and overstimulation

Anderson : Working-memory limits under image glut

Zuboff : Affective extraction economy

Han : Affective depletion and exhaustion

Stiegler : Memory externalization

Berardi : Overstimulation and affective collapse

Hui : Technodiversity and alternative cognition

Foster : Return of the real

Krauss : Grids and abstraction logic

Kandinsky : Inner necessity → resonance

Picasso : Fractured perception → reconstructed sensation

Rothko : Chromatic breath

Richter : Image-truth dismantling → affective real

참고 문헌 / Bibliography

(Damasio 1994; LeDoux 1996; Panksepp 1998; Zeki 1999; Posner & Petersen 1990;

Anderson 2014; Zuboff 2019; Han 2010; Stiegler 1994-2001; Berardi 2012; Hui 2019;

Foster 1996; Krauss 1979; Kandinsky 1912/1926; Clark 2013; Rothko Chapel Archives;

Buchloh 1981/1989.)

등작 미학 선언

Declaration of Aesthetics by DUNGZAK CESTLAVIE

1. 예술은 감응이다.

예술은 세계를 설명하는 언어가 아니라,

세계가 다시 느껴지도록 만드는 감응의 장치다.

감정은 재현되는 것이 아니라 재진동한다.

Art is affect.

Art is not a language that explains the world

but a device that makes the world felt again.

Emotion is not represented; it is re-vibrated.

2. 존재는 파동이다.

존재는 고정된 실체가 아니라,

층위들의 리듬과 진폭을 따라 계속해서 다시 생성되는 파동적 운동
이다.

Being is wave.

Being is not a static substance

but a wave-like movement that re-emerges

across rhythms and amplitudes of layered space.

3. 회화는 파동을 구축하는 기술이다.

회화는 형상을 모방하는 기술이 아니라,
정서를 층위·속도·밀도로 배열하는
파동의 형성학적 구축 행위다.

Painting is the construction of waves.
Painting is not the imitation of form,
but the formative act of arranging affect
through layers, speeds, and densities.

4. 감정은 심리 상태가 아니라 구조다.

감정은 개인적 기분이 아니라,
기저 파동층·교차층·응축 핵·존재 축이
관계적으로 얽혀 나타나는 구조적 운동이다.

Emotion is not a mood but a structure.
Emotion is not a psychological state
but a structural movement among
primary waves, disruptive layers, affective cores,
and the vertical axis of presence.

5. 고통은 숨겨야 할 병리가 아니라,

새로운 리듬으로 전환할 수 있는 파동이다.

외상·불안·조증·조울증의 파동은

감정의 오류가 아니라

새로운 파동 구조로 변환될 수 있는 에너지다.

Pain is not pathology to be hidden

but a wave to be transformed.

The waves of trauma, anxiety, mania, and bipolarity

are not defects of emotion

but energies that may be reorganized

into new affective structures.

6. 회화는 존재를 일으키는 행위다.

혼란과 붕괴 속에서도

회화는 감정을 재구성하고

존재를 다시 서게 한다.

Painting is the act that makes presence rise.

Amid chaos and collapse,

painting reorganizes affect

and makes presence stand again.

우리를 위해 기도해 주세요 - Pray for Us

7. 예술은 인간을 다시 감응하게 하는 마지막 기술이다.

디지털 소진, 감정의 파편화, 기억의 외주화가

인간을 무감각하게 만들 때,

예술은 감각·정서·기억을 다시 연결하는

궁극적 감응 기술로 남는다.

Art is the last technology that makes humanity feel again.

When digital exhaustion, affective fragmentation,

and outsourced memory numb the human being,

art remains as the final technology

that reconnects sensation, emotion, and memory.

8. 등작의 예술은

빛·기억·정서의 파동으로 존재를 다시 세운다.

그의 화면은 감응과 존재가

서로를 생성하는 장이다.

The art of DUNGZAK CESTLAVIE

rebuilds being through waves of light, memory, and emotion.

His canvas is a field

where affect and being co-create one another.

뇌의 떨림·존재의 떨림·예술의 가능성
Extended Paragraph
- Neural Tremor, Ontic Tremor, and the Possibility of Art

뇌의 떨림은 존재의 떨림과 밀접하게 연결되어 있다.

신경계의 미세한 진동은 단순한 생물학적 노이즈가 아니라,

존재가 자기 자신을 유지하기 위해 생성하는 가장 근원적 리듬이다.

예술은 우리가 상상하고 발현하고자 하는 것들이 정말 실현 가능한가를
묻는 차원을 넘어,

존재의 본질에 대해 다시 질문하게 만드는 장치이며,

인간이 자기 존재를 확인하기 위해 필요한 최소한의 감응 구조를 제공한
다는 생각이다.

The tremor of the brain is intimately connected to the tremor of being.

The microscopic oscillations of the nervous system are not biological noise
but the primordial rhythm through which being sustains itself.

Art moves beyond asking whether what we imagine and wish to manifest
is realizable;

it generates a field in which the very essence of human existence is
questioned anew,

offering the minimal structure of affect through which the human confirms
its own presence.

이러한 관점에서 예술은 단순한 표현이 아니라
뇌의 진동과 존재의 진동을 하나의 파동장으로 연결하는
가장 근본적인 형성학적 기술이 된다.
색·선·층위의 떨림은 신경적 떨림을 다시 존재의 떨림으로 확장시키며,
이때 예술은 '가능성의 증명'이 아니라 '존재의 증명'으로 작동한다.

From this perspective, art is not a mode of expression
but a formative technology that binds neural tremor and ontic tremor
into a single wavefield.
The vibration of color, line, and layer expands neural oscillation
into the tremor of being itself,
so that art becomes less a proof of possibility
and more a proof of existence.

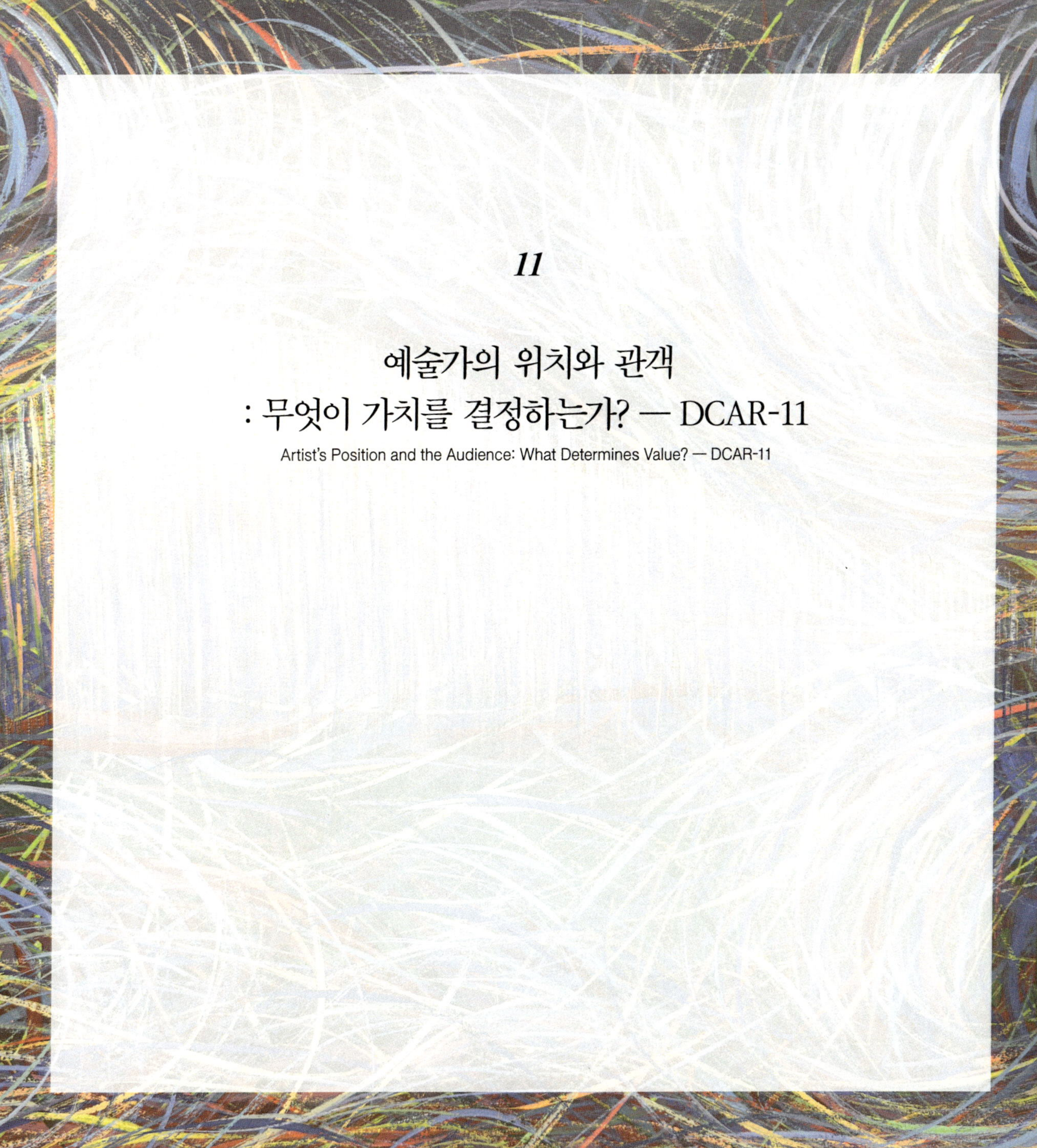

11

예술가의 위치와 관객
: 무엇이 가치를 결정하는가? — DCAR-11

Artist's Position and the Audience: What Determines Value? — DCAR-11

예술가는 세상의 소음과 고운 소리를 들으며 작품을 이루어 간다.
The artist navigates between the noise and the fine sounds of the world.

예술가는 중간자의 역할을 마다하지 않는다.
때로는 샤먼에 가깝고, 때로는 선지자에 가깝다.
The artist accepts the role of a mediator —
sometimes as a shaman, sometimes as a prophet.

그러나 예술은 관객, 즉 타자와의 접점에서 예술이 된다.
Yet art becomes art at the point of contact with the audience — the Other.

예술가는 그 접점이 실현되기를 원하고, 멈추지 않는다.
The artist desires this contact and never ceases to pursue it.

예술가는 사유하며 살아간다.
사유는 시대의 생각과 미래의 형상을 담는다.
Articulation emerges through thought and living.
Its form carries the present age and its future.

관객은 평범한 정보를 바탕으로 예술가를 이해하려 한다.
The audience often approaches the artist through ordinary information.

그러나 가치의 결정은 소유를 원하는 컬렉터에 의해 현실적으로 이루어
지는 경우가 많다.
In reality, value is often determined by collectors who desire ownership —
where thought and spirit become property.

우리를 위해 기도해 주세요 - Pray for Us

이 지점에서 관객은 질문을 바꾼다.

예술이 자신에게 무엇을 남기고
무엇을 작동시키는가?

Here the audience must change the question:
What does art activate?
What does it leave behind?

예술은 고고하지도 거창하지도 않다.

It is neither noble nor grandiose.

작품은 관객에게 가치를 묻지 않는다.
사유의 깊이도 요구하지 않는다.
소장의 욕망을 부추기지도 않는다.

The work does not demand value,
nor depth of thought,
nor desire to possess.

예술은 단지 동등한 시간 속에서 함께 살아감을 재점화할 뿐이다.
Art simply reignites the sense of living together in the same time.

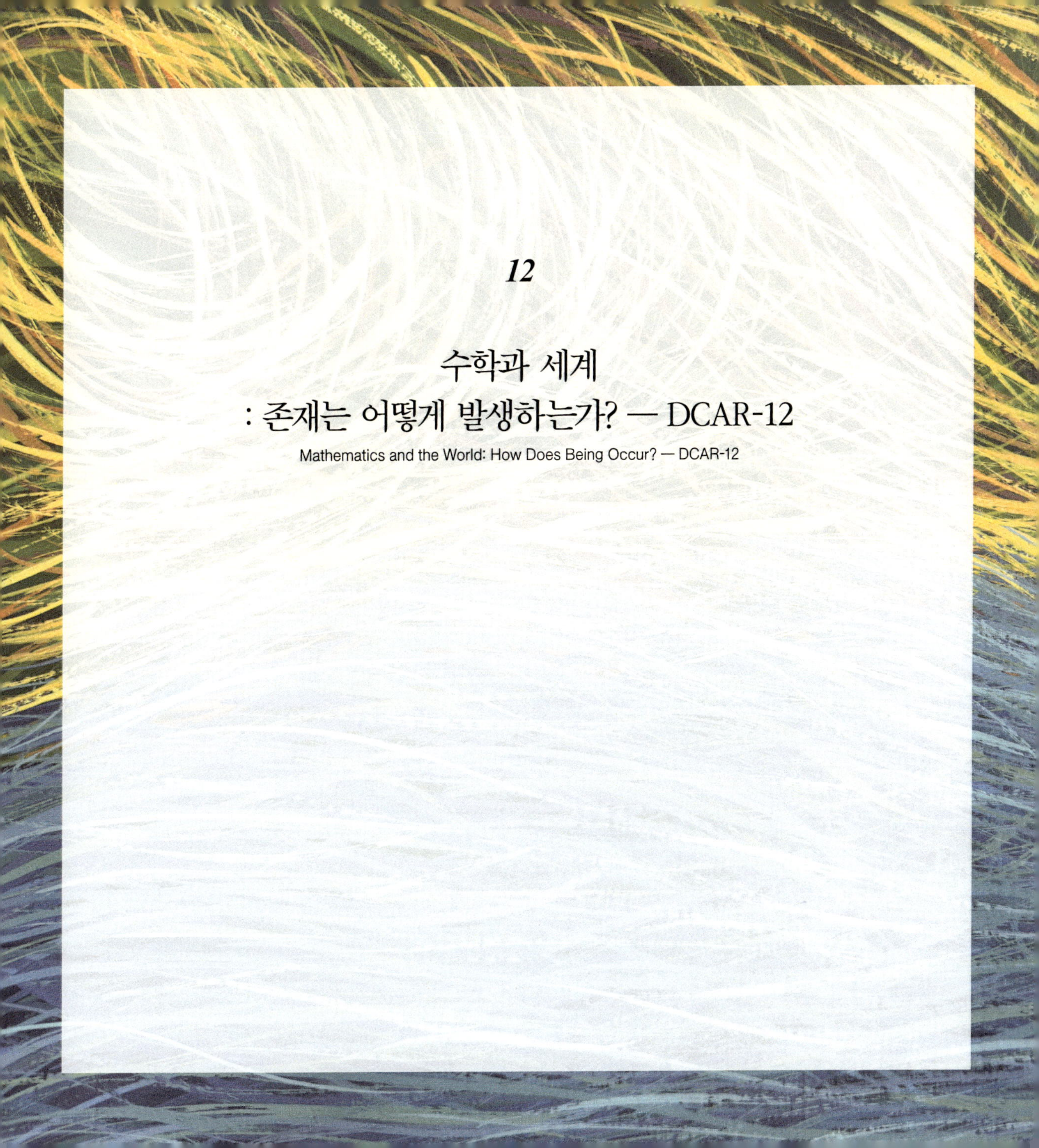

12

수학과 세계
: 존재는 어떻게 발생하는가? — DCAR-12

Mathematics and the World: How Does Being Occur? — DCAR-12

예술은 존재를 재현하지 않는다.
예술은 존재를 발생시킨다.
Art does not represent being.
Art brings being into occurrence.

수학에서도 존재는 결과가 아니라
발생의 방식이었다.
In mathematics, being has never been a result
but a mode of becoming.

피타고라스는 세계가
수의 비율로 울린다고 들었다.
Pythagoras heard the world
as ratios of number.

유클리드는 선과 면으로
측정 가능한 공간을 열었다.
Euclid opened measurable space
through line and plane.

데카르트는 좌표를 통해
감각을 기하학으로 번역했다.
Descartes translated sensation
into geometry through coordinates.

우리를 위해 기도해 주세요 - Pray for Us

뉴턴과 라이프니츠는
연속을 미분하고 시간을 적분했다.
Newton and Leibniz differentiated continuity
and integrated time.

가우스와 푸앵카레는
공간의 숨은 곡률을 의심했고,
리만은 이를 기하학으로 만들었다.
Gauss and Poincaré suspected hidden curvature,
and Riemann rendered it geometric.

아인슈타인은 그 곡률을
사건의 지형으로 읽었다.
Einstein read curvature
as the topography of events.

슈뢰딩거와 하이젠베르크는
세계가 연속이 아니라,
불연속의 상태로 점멸함을 보였다.
Schrödinger and Heisenberg revealed
the world as flickering states of discreteness.

양자역학은 존재를
확률과 중첩의 상태로 정의했고,
Quantum theory defined being
as states of probability and superposition.

보어는 관찰이 상태를 결정한다고 말했고,
하이젠베르크는 측정이 가능성을 좁힌다고 말했다.
Bohr claimed observation determines state,
and Heisenberg showed measurement narrows possibility.

파인먼은 세계를
경로의 합으로 보았다.
Feynman saw the world
as the sum of paths.

괴델과 튜링은
완결된 세계가 없음을 증명했다.
Gödel and Turing demonstrated
there is no complete world.

20세기 이후 수학은 결과보다
조건과 관계를 다루기 시작했다.
After the 20th century mathematics began handling
conditions and relations rather than results.

위상수학은 형태의 본질을,
Topology addressed the essence of form,

범주론은 관계의 본질을,
Category theory addressed the essence of relation,

정보이론은 의미의 본질을 다루었다.
Information theory addressed the essence of meaning.

예술 역시 동일하다.
예술은 세계를 설명하지 않고
세계가 발생할 조건을 구성한다.
Art likewise does not explain the world,
but organizes the conditions for its arising.

존재는 예술가를 통해 말하지 않는다.
존재는 예술을 통해 일어난다.
Being does not speak through the artist.
It occurs through art.

관객은 존재를 해석하려 하지 않는다.
존재의 발생을 경험한다.
The audience does not interpret being.
It experiences its occurrence.

존재는 고귀하지 않고
비밀스럽지도 않다.
Being is neither noble
nor secretive.

그저 세계가
자신의 시간 속에서
다시 일어설 뿐이다.
The world simply stands again,
within its own time.

13

예술 공간이 존재에게 주는 선물 — DCAR-13

Art Spaces as Gofts for Being — DCAR-13

그냥 스쳐 갈 수도 있는 공간이 아니라, 좀 더 인간에게 깊이 남는 잔향과 감정을 주기 위해서 예술은 최선의 방향을 제시하면서도 최소한의 개입으로 남기를 원하는지도 모른다.

작품을 감상하는데 최소한의 태도는 자신의 인생에서 무엇이 중요한지를 알면서 동등한 입장에서 스스럼 없는 바라봄에 있다는 걸 생각하게 된다.

예술이 할 수 있는 역할이 존재에게 있어 뛰어난 감상이나 발견을 하게 만드는 것에 머무르지 않고 일상의 사소한 대화의 끝에 남는 존중의 의미가 녹아 있는 것에 초점이 남지 않는가 하는 물음에서 내 예술의 사유는 시작된다.

드러내는 예술이 아니라 함께 어려움에서 일어서는 과정에서 서로가 도움이 되기를 마다하지 않기를 바라는 마음에서 '예술 공간'이 전시장에서만 성립되는 것이 아니라, 평범한 가치라 느꼈을 주변의 풍경이 새로움으로 읽혀지고 감각되는 곳으로 확장되기를 바란다

Art may desire to remain with minimal intervention while indicating the best direction, not to become a space that simply passes by, but one that leaves a lingering resonance and emotion within the human being.

The minimal attitude in viewing art makes one consider that true appreciation lies in recognizing what is important in one's own life and in approaching the work from an equal and unreserved gaze.

My inquiry begins with the question of whether the role of art for being should not end with granting exceptional perception or discovery, but rather in leaving traces of respect within the quiet end of everyday conversations.

With the hope that art is not merely to be revealed but to assist one another in rising from difficulty, the notion of the 'art space' expands beyond the gallery, toward places where ordinary surroundings—once taken as given—may be read anew and sensed as forms of value

부록
- 전시 기록

Appendix - Exhibition Archive

눈물 속에 우주가 있으니
: 우리를 위해 기도해 주세요
Tears Contain the Universe
: Pray for us
acrylic on canvas,
130.3x162.2cm, 2025

생태계: 우리를 위해 기도해 주세요
Ecological system: Pray for us
acrylic on canvas,
130.3x162.2cm, 2024

 우리를 위해 기도해 주세요 - Pray for Us

우리를 위해 기도해 주세요
Pray for us
acrylic on canvas,
162.2x130.3cm, 2025

만약에 만약에 만약에
if if if
oil stick, pencil, acrylic on canvas,
116.8x91cm, 2025

생명: 숨결의 바램
Life: The Aspiration of Breath
watercolour on paper,
57x76cm, 2026

빛은 우리를 깨어나게 한다
Light awakens us
watercolour on paper,
29.7x42cm, 2026

빛은 우리를 깨어나게 한다
Light awakens us
watercolour on paper,
29.7x42cm, 2026

빛은 고요 속에서 밤을 버틴다
Light withstands the night in quiet
watercolour on paper,
57x76cm, 2026

우리를 위해 기도해 주세요 - Pray for Us

빛은 우리를 깨어나게 한다
Light awakens us
watercolour on paper,
29.7x42cm, 2026

빛은 우리를 깨어나게 한다
Light awakens us
watercolour on paper,
29.7x42cm, 2026

빛은 우리를 깨어나게 한다
Light awakens us
watercolour on paper,
29.7x42cm, 2026

빛: 우린 아직 만나지 못했어요
Light: We have never met as yet
acrylic on canvas,
91x116.8cm, 2026

우리 사이의 거리
Distance of Us
pencil, acrylic on paper,
70x100cm, 2025

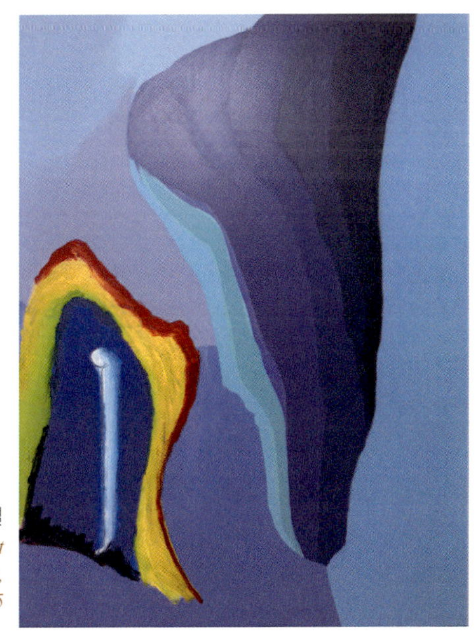

심장의 숨결
Breath of the heart
oil stick acrylic on canvas,
116.8x91cm, 2025

존재가 움직이기 시작했다
The Being Begins to Move
acrylic on canvas,
162.2x130.3cm, 2026

존재는 이루며 홀로서서 함께하니
Being comes into itself,
standing alone and together
acrylic on canvas,
116.8x91cm, 2026

어둠속에 이슬이 맺히니 2
Even in the darkness, dew is formed 2
acrylic on canvas,
37.9x37.9cm. 2026

어둠속에 이슬이 맺히니 1
Even in the darkness, dew is formed 1
acrylic on canvas,
37.9x37.9cm, 2026

어둠속에 이슬이 맺히니 4
Even in the darkness, dew is formed 4
acrylic on canvas,
37.9x37.9cm, 2026

어둠속에 이슬이 맺히니 3
Even in the darkness, dew is formed 3
acrylic on canvas,
37.9x37.9cm, 2026

당신의 곁에 빛이 있다
Light abides beside you
acrylic on canvas,
60.6x72.7cm, 2026

빛은 어둠에서 일어서게 하니
Light makes us rise from the darkness
acrylic on canvas,
60.6x72.7cm, 2026

존재는 견뎌내어 앞으로 걸어간다
Being endures and walks forward
acrylic on canvas,
60.6x72.7cm, 2026

존재를 견딘다는 것은
Enduring Being
acrylic on canvas,
60.6x72.7cm, 2026

사랑은 숨을 담아 살아낸다
Love endures, carrying breath within
acrylic on canvas,
162.2x130.3cm, 2026

작가 프로필

등작 燈酌 DUNGZAK CESTLAVIE

빛, 기억, 존재의 기원을 탐구하는 한국의 현대 미술가이다. 그의 작업은 우리가 간과하는 감정의 흔적, 상처를 통과하며 발생하는 빛의 생성, 그리고 사라짐과 재탄생의 순환적 리듬을 기록한다.

서울에서 그리고 베를린, 파리, 암스테르담, 바르샤바, 모스크바 전역에서 작업하며, 그는 회화, 텍스트, 사운드, 비디오, 아카이브 형식을 통합하여 빛의 윤리와 기억의 존엄을 추구한다.

그의 작업에서 빛은 효과가 아니라, 정서적 회복과 인간다움의 귀환을 촉발하는 정신적 구조물로 기능한다. 그의 회화는 기도이고, 기록이며, 바라봄의 행위이다. 흔적과 간극을 통해 그는 우리가 잃어서는 안 되는 감정의 기반을 다시 세우며, DCAR 미학 보고서와 DUNGZAK ART UNIVERSE를 확장한다. 이 세계는 조용한 선언이다.

상처 이후에 남는 따뜻함, 사라지지 않는 기억의 힘, 그리고 지속되는 인간의 존엄.

Artist Bio

DUNGZAK CESTLAVIE is a Korean contemporary artist exploring the origins of light, memory, and being. His practice records the traces of feeling we overlook, the genesis of light passing through wounds, and the cyclical rhythm of disappearance and rebirth.

Working from Seoul and across Berlin, Paris, Amsterdam, Warsaw, and Moscow, he integrates painting, text, sound, video, and archival forms to pursue an ethics of light and a dignity of memory. In his works, light functions not as effect but as a mental architecture that catalyzes emotional restoration and the return of humaneness.

His paintings are prayers, records, and acts of looking. Through traces and intervals, he rebuilds the foundations of feeling we must not lose, while expanding the DCAR Aesthetic Reports and the DUNGZAK ART UNIVERSE.

This world is a quiet declaration: the warmth that remains after wounding, the force of memory that does not fade, and the enduring dignity of the human.

국내, 해외 개인 전시회

국내 주요 전시

2026 김정숙 갤러리, 인천, 대한민국

2025 구구갤러리 목동, 서울, 대한민국

2023, 2024 구구갤러리 목동, 서울, 대한민국

2023 아트플러스 갤러리 인사동, 서울, 대한민국

2019, 2022 해양 에너지 정원 한남동, 서울, 대한민국

2015 NC 갤러리 부산, 대한민국

2014 갤러리 골목 이태원, 서울, 대한민국

2013 프라미스 랜드 부산, 대한민국

2009 아트 갤러리 유 부산, 대한민국

2005 횡성 문화관 강원도, 대한민국

2003 스페이스 키친 서울, 대한민국

2003 홍대 놀이터에서 봄여름 가을 겨울 사계 야외 작업과 야외 전시 서울, 대한민국

2000 갤러리 소호 부산, 대한민국

2000 세원백화점 부산, 대한민국

우리를 위해 기도해 주세요 - Pray for Us

국외 주요 전시

2016 Berlin Mitte Live Concert Bar 베를린, 독일

2015 러시아 모스크바 국제공항 삶과 예술의 간격

2014 베트남에서 자유롭게 예술과 발언에 의한 즉흥적인 퍼포먼스와
      작품 전시를 호찌민시 중앙 경찰서에서 열었음

2011 Open Art in Amsterdam Netherlands

2006 네덜란드 암스테르담 Linka 갤러리

2005 프랑스 파리 몽파르나스 Lune Cafe

2005 프랑스 파리 루브르 박물관 외벽 전시

그 외 전시

2025 그림따라 걷는 도시 익산 익산, 대한민국

2025 갤러리5 전국 주요 작가 초대전 인천, 대한민국

2024, 2025 구구갤러리 송년 선물전 서울, 대한민국

2022 김영우, 등작 2인전 아르템 갤러리 충무로, 서울, 대한민국

2004 광주비엔날레 The stage 광주, 대한민국

2004 하대리 여름 숲속 미술제_'예술의 휴가' 횡성군, 대한민국

2000 호세 델가도, 등작 2인전 서면 메트로 미술관 부산, 대한민국

소장

독일 베를린 시청 / 독일 훔볼트 병원 / 프랑스 파리 노트르담 대성당 /
프랑스 파리 정치대학 / 폴란드 바르샤바 국립 의료원 / 일본 도쿄 교회 /
베트남 호찌민시 중앙 경찰서 / 네덜란드 암스테르담 반 고흐 미술관 (포트폴리오 소장) /
미국 뉴욕 현대 미술관 (포트폴리오 소장) / 메리츠 증권 / 국내외 개인 소장자 다수

저서

눈물은 절대 멈추지 않는다_예술가의 책무와 인간 욕망(2022년 발간)
예술, 그 끝없는 사랑(2024년 발간)
우리를 위해 기도해 주세요(2026년 발간)

Solo Exhibitions: 29 exhibitions worldwide

Major Exhibitions in Korea

2026 Kim Jeongsuk Gallery, Incheon, Republic of Korea

2025 Gugu Gallery Mokdong, Seoul, Republic of Korea

2023, 2024   Gugu Gallery Mokdong, Seoul, Republic of Korea

2023 Art Plus Gallory Insadong, Seoul, Republic of Korea

2019, 2022   Ocean Energy Garden, Hannam-dong, Seoul, Republic of Korea

2015 NC Gallery, Busan, Republic of Korea

2014 Gallery Golmok, Itaewon, Seoul, Republic of Korea

2013 Promise Land, Busan, Republic of Korea

2009 Art Gallery You, Busan, Republic of Korea

2005 Hoengseong Cultural Center, Gangwon-do, Republic of Korea

2003 Space Kitchen, Seoul, Republic of Korea

2003 Seasonal Outdoor Project & Exhibition, Hongdae Playground, Seoul, Republic of Korea

2000 Gallery Soho, Busan, Republic of Korea

2000 Sewon Department Store, Busan, Republic of Korea

Major International Exhibitions

2016 Berlin Mitte Live Concert Bar, Berlin, Germany

2015 Moscow International Airport, "The Distance Between Life and Art",
Moscow, Russia

2014 Improvised performance & exhibition, Ho Chi Minh City Central Police
Building, Vietnam

2011 Open Art in Amsterdam, Netherlands

2006 Linka Gallery, Amsterdam, Netherlands

2005 Lune Cafe, Montparnasse, Paris, France

2005 Exterior Wall Exhibition, Louvre Museum, Paris, France

Selected Other Exhibitions

2025 Walking with Art in Iksan, Republic of Korea

2025 Gallery 5 National Invitational Exhibition, Incheon, Republic of Korea

2024, 2025   Gugu Gallery Year-End Gift Exhibition, Seoul, Republic of Korea

2022 Kim Young-woo & Dungzak Two-Person Exhibition, Artem Gallery, Seoul,
Republic of Korea

2004 Gwangju Biennale "The Stage", Gwangju, Republic of Korea

2004 Summer Forest Art Festival "Art Vacation", Hadaeri, Hoengseong-gun,
Republic of Korea

2000 José Delgado & Dungzak Two-Person Exhibition, Seomyeon Metro Art
Museum, Busan, Republic of Korea

Collections

Berlin City Hall, Germany

Humboldt Hospital, Germany

Notre-Dame Cathedral, Paris, France

Sciences Po, Paris, France

National Medical Institute, Warsaw, Poland

Church in Tokyo, Japan

Ho Chi Minh City Central Police Department, Vietnam

Van Gogh Museum, Amsterdam, Netherlands (Portfolio Collection)

Museum of Modern Art, New York, USA (Portfolio Collection)

Meritz Securities Co., Ltd., Republic of Korea

Numerous private collections worldwide

Publications

Tears Never Stop — The Artist's Duty and Human Desire (2022)

Art, the Endless Love (2024)

Pray for Us (2026)

Official Website : https://dungzak.art

Music Universe : https://m.youtube.com/@dungzakcestlavie

등작 작가의 '우리를 위해 기도해주세요' 시리즈와 '더 키스'를 보고

- 우먼스토리(2025년 2월 25일)

| 욕망과 순수, 그리고 기도의 형상

등작 작가는 이번 구구갤러리 초대전을 통해 객관적인 시선으로 자신의 작업을 성찰하는 과정을 경험했다. 그는 자신의 회화적 행위를 다시 반추하며, 주관적 표현과 객관적 성찰의 균형을 찾는 시간에 집중했다. 특히 이번 전시에서 선보이는 '입맞춤 The Kiss'는 사랑과 기억, 인간 존재의 내면적 탐구를 담아낸 작품이다.

등작 작가는 희망을 밝음으로, 슬픔을 어둠으로 표현하는 전통적 색채 개념을 넘어, 밝음 속에서도 어둠이 자리하고, 어둠 속에서도 희망이 존재하는 양가적인 감정을 조형적 언어로 풀어낸다. 그가 색채를 단순화하는 것은 감각을 절제하는 것이 아니라, 오히려 더 강렬한 감정을 이끌어내기 위한 방법론이다.

그의 화면에는 극도로 단순화된 색채 속에서도 미묘한 감정이 자리하며, 절제된 붓질 속에서도 격렬한 내면의 움직임이 느껴진다. 이는 자연의 감각을 단순히 재현하는 것이 아니라, 자신의 해석을 통해 본질적인 감각으로 변환하려는 작가의 태도에서 기인한다.

작품 속에서 심지처럼 타오르는 인간의 형상은 삶과 고통, 욕망과 희망이 중첩된 존재로 나타난다. 타들어가는 심지는 빛을 내지만, 그 주변의 심지들은 불이 붙지 않은 채 고뇌하는 형상으로 남아 있다. 이는 존재와 소멸, 불완전한 인간의 내면을 상징하는 등작 작가의 독창적인 조형 언어다.

등작 작가는 종교를 초월하여, 시대적 아픔과 인간의 내면적 갈등을 화폭에 담는다. 작품의 제목 '우리를 위해 기도해 주세요'는 단순한 요청이 아니라, 현대 사회에서 서로를 위한 간절한 연대의 메시지다.

그의 화면 속에는 걷고자 하는 의지를 지닌 존재들이 등장하지만, 그들은 온전한 형태가 아니다.

다리는 있지만 팔이 없고, 머리는 있지만 완성된 형상이 아니다. 이들은 방황하며, 기도하며, 불을 바라보며 살아가고 있다. 그것들은 어딘가에서 서로 마주치는 작은 소망들이며, 우리가 외면할 수 없는 인간의 근원적인 감정과 소통하고 있다.

등작 작가는 이번 전시에서 자신의 그림을 통해 세상을 바라보는 과정을 가졌다. 전작들에 비해 밝아진 색감 뿐 아니라 개인에서 미니멀리즘화된 사람들로 시각을 넓혔다. 그는 단순한 표현을 넘어서, 색채와 형태, 그리고 회화적과정 자체가 인간의 욕망과 고통, 희망과 기도를 담아낼 수 있는 하나의 조형적 방식이 될 수 있음을 보여주고 있다.

시리즈와 다른 '입맞춤 The Kiss'는 단순한 사랑의 표현을 넘어, 에로스(Eros)와 타나토스(Thanatos), 사랑과 죽음이라는 인간 내면의 근원적 감정이 교차하는 작품이다. 단순한 사랑의 형상이 아니다. 그것은 기억과 욕망, 순수와 열정, 기도와 갈망이 복합적으로 얽힌 인간의 초상이다. 거친 붓질 위에 세 겹의 채색을 하고, 이를 다시 손톱으로 긁어낸 행위는 단순한 표현 기법이 아니다. 이 과정 자체가 상처와 회복, 아픔과 치유를 경험하는 인간의 삶을 닮아 있다.

다시 살아난 열정, 옛사랑의 흔적, 치유의 과정, 운명의 흐름이 화면 위에 새겨진다. 작가는 이번 시리즈에서 세상의 군중을 그렸지만 자기 안으로의 침잠 역시 놓칠 수 없었나 보다. 하루 만에 완성했다는 이 그림이 강렬한 이유다.

이번 시리즈에서 작품이 우리에게 던지는 메시지는 명확하다.

"우리를 위해 기도해 주세요."

그리고, 그것은 단순한 기도가 아니라, 우리가 함께 살아가야 하는 존재라는 근본적 깨달음이 될 것이다.

⚇ **현정석 기자** gsk1267@gmail.com

On DUNGZAK CESTLAVIE's Series
"Pray for Us" and "The Kiss":
Desire, Innocence, and the Form of Prayer

In this solo exhibition at Gugu Gallery, Dungzak turns his gaze back upon his own practice. The exhibition becomes a moment of reflection, a pause in which the artist revisits his painterly gestures and reconsiders the balance between subjective impulse and critical distance. It is a process of self-observation as much as it is an act of creation. Among the works presented, The Kiss stands out as a particularly intimate exploration of love, memory, and the interior landscape of human existence.

Dungzak moves beyond the conventional symbolism of color in which brightness signifies hope and darkness sorrow. Instead, he constructs a visual language that acknowledges their coexistence: darkness inhabits light, and hope quietly persists within shadow. The simplification of color in his paintings is not an act of reduction but one of concentration. By limiting chromatic variation, he intensifies emotional resonance, allowing each tone to carry a deeper psychological weight.

"Pray for Us"

Within these paintings, subtle emotional currents emerge from fields of radically simplified color. Beneath the restrained brushwork, a sense of inner turbulence can be felt. Dungzak does not attempt to reproduce the sensory world as it appears; rather, he transforms it through interpretation, distilling experience into essential emotional forms.

Human figures appear in his work like burning candle wicks—fragile presences in which life, suffering, desire, and hope overlap. A single wick burns and radiates light, while others nearby remain unlit, suspended in silent tension. Through this imagery, Dungzak articulates a visual metaphor for existence itself: the precarious balance between illumination and extinction, between longing and incompleteness.

Although the imagery resonates with religious language, the artist's intention moves beyond any single faith tradition. The title Pray for Us is not merely a devotional phrase but a quiet appeal for human solidarity. In a fragmented contemporary world, the act of prayer becomes a metaphor for empathy—for the recognition that our lives are bound together.

The figures that populate these canvases possess the will to move forward, yet they remain incomplete. Some walk without arms; others bear heads without fully formed bodies. They wander, pray, and stare toward the flame. These beings embody small, fragile hopes that encounter one another in passing—echoes of the fundamental emotions that define human life and refuse to be ignored.

Compared with earlier works, the palette in this series has grown brighter, and the artist's perspective has expanded from solitary figures to simplified groups that resemble quiet crowds. Yet even within these collective presences, the sense of introspection remains strong. Dungzak demonstrates that color, form, and the act of painting itself can function as a language through which desire, pain, hope, and prayer are simultaneously expressed.

"The Kiss"

Distinct from the Pray for Us series, The Kiss reaches into a different emotional register. At first glance it suggests intimacy, yet the work unfolds into something more complex. Within it intersect the fundamental forces that have long shaped human experience—Eros and Thanatos, love and death.

This is not simply an image of affection. It is a portrait of human interiority in which memory and desire, innocence and passion, prayer and longing become entangled. The painting process itself mirrors this tension. Layers of pigment are applied in rough strokes, only to be scratched away with the artist's fingernails. What remains is a surface marked by traces of both creation and erasure.

These gestures are not merely technical. They evoke the rhythms of human life itself—the cycle of injury and healing, loss and renewal. Across the canvas appear the faint inscriptions of revived passion, lingering memories of past love, and the quiet currents of fate.

Although the broader series depicts anonymous crowds, The Kiss reveals a moment of inward descent. It is as though, amid the many figures of the world, the artist briefly returns to the solitary terrain of the self. Perhaps this is why the painting—said to have been completed in a single day— radiates such immediacy and intensity.

In the end, the message that emerges from this body of work is both simple and profound.

Pray for us.

Not as a ritual phrase, but as a recognition of our shared condition: that we exist together, fragile and unfinished, bound by the quiet hope that someone, somewhere, will remember us in their prayer.